LE BIG BIG BOSS

La vie au collège revue et rêvée par la littérature

Elisabeth Brami invite des écrivains à donner,
à la première personne, la parole et une voix intime
à des personnages de collégiens.

Loi n° 49-956 du 16 juillet 1949 sur les publications destinées à la jeunesse,
modifiée par la loi n° 2011-525 du 17 mai 2011.
ISBN : 978-2-09-255324-4
Dépôt légal : mai 2014

LE BIG BIG BOSS

Anne Mulpas

Nathan

à Audrey et ses loulous
à Martine, Xavier et Anne - hic et nunc *!*
au devenir innocent

1

LES JOURS D'AVANT LE COLLÈGE

Mardi. – Ce matin, on travaille sur la Charte. La Charte qui dit qu'on est prêt à faire comme il faut parce que lundi prochain, on va faire une deuxième rentrée. Une deuxième rentrée, ouais, ouais, ouais ! Notre rentrée au collège. C'est trop classe ! On va y aller quinze jours après tous les autres, parce que les autres, pour eux, c'est normal le collège. Ils vont au collège parce qu'ils sont normaux. Ils vont à l'école primaire et après hop ! normal, le collège. Moi, j'y vais parce que je suis exceptionnel : j'ai été choisi. Ouais, ouais, ouais, moi j'ai été choisi. Et on est cinq comme moi. Mme Roumer, la directrice, a dit avant les grandes vacances qu'elle sentait qu'on pouvait aller de l'avant, qu'on pouvait faire de grandes choses. On sera une sixième particulière. Comme les commandos de l'armée, j'imagine. Une sixième *inclusion*, a dit la directrice. Je ne sais pas trop ce que ça veut dire, mais ça fait super sérieux, genre unité en mission spéciale et tout ça. Et puis au collège, la directrice a dit qu'on aura une salle pour travailler rien que pour nous. Le CDI, rien que pour nous ; avec les ordis, rien que pour nous. Et Andréa sera là aussi, rien que pour nous. Andréa Dédale. Comme dans l'histoire du labyrinthe où il y a un monstre à cornes qui mange des garçons mais surtout les filles. Andréa Dédale, c'est pas comme pour les autres adultes : on peut l'appeler par son prénom mais on lui dit vous. Andréa, elle sera, un peu comme avant mais en mieux, notre prof de tout. Tous les matins, on ira au collège et parfois même l'après-midi peut-être. Pour le sport, la techno ou des trucs comme ça. Et là on sera tous les cinq et Andréa avec les normaux.

Depuis que je sais ça – que je vais au collège – j'ai l'impression que tout est petit autour de moi. Tout l'été, j'ai attendu et tout me serrait comme si mon cerveau mettait les habits de mon petit frère. La maison de ma mère et le quartier aussi. Et à la première rentrée à l'ITEP, le foyer, la cour, le réfectoire, eux aussi ils avaient rétréci. Le monde entier a rétréci, faut croire.

Dans mon groupe, le groupe des exceptionnels, il y a Mike, Thom, Fil et Vincent. Et moi. Moi, Gavin. Attention, faut dire Gaivine et pas Gavin, hein ?! Gavin le big big boss. Ça sonne bien, je trouve. Comme dans les films.

Dans mon groupe, le groupe des exceptionnels, il n'y a pas de filles. Faut croire qu'elles ne sont pas exceptionnelles comme nous. De toute façon, il y aura les normales au collège. C'est les mêmes que dans mon quartier et elles sont mieux. Elles aiment bien qu'on fasse les durs.

– Gavin ! Tu ne m'écoutes pas !

Je rigole, c'est plus fort que moi. Quand Laurent, un de nos éducateurs, fait sa grosse voix pour nous calmer, on dirait une grenouille qui miaule. Trop drôle.

– Si ça te fait rire, on peut en parler à Mme Dédale. Tu veux ? Peut-être qu'elle aura moins envie de t'avoir au collège avec elle si je lui raconte que tu n'écoutes rien et que tu es irrespectueux… Que tu te moques de la Charte qu'elle a préparée… Tu veux, Gavin ? Peut-être qu'un autre de tes camarades mérite de prendre ta place ? Qu'est-ce que tu en dis ?

Je n'en dis rien. Sa question, c'est genre une fausse question, je connais. Je ne rigole plus. Je serre le poing sous la table. Je sais qu'il en rajoute, mais bon, vaut mieux ne pas prendre de risques. Je lui casserais bien la tête à cette grenouille de malheur, mais je ne peux pas tout faire rater à cause de ce nul. Alors je baisse le nez. Je sais faire ça parfois. Tony se marre en douce dans mon dos et jette des petits coups de pied dans ma chaise. Je sais que ça lui plairait que je n'aille pas au collège. Tout cet été, il n'a pas arrêté de me chercher, de me dire que le collège, c'est pour les nazes. Que les autres, ils ne seront jamais potes avec moi. Qu'eux et nous, on ne peut pas se mélanger.

Je sais qu'il dit ça parce qu'il est jaloux. Parce que lui, il n'est pas exceptionnel et qu'il sortira jamais de l'ITEP, parce que l'ITEP c'est pour les nuls. C'est tout pourri, on le sait tous, et c'est pour ça qu'on y est. Parce qu'on ne pouvait pas rester avec les normaux, et que dès la maternelle tout le monde l'a vu et même que nos parents ne savaient pas quoi faire pour nous, alors ils nous ont mis à l'ITEP. On y passe la semaine et on peut rentrer chez nous le week-end. D'autres, c'est les pires, ils rentrent dans leur famille d'accueil. Moi, c'est bon, je retourne chez ma mère et mon petit frère.

L'ITEP, c'est là qu'on s'est connus avec Tony et en plus on habite presque à côté l'un de l'autre alors on peut se voir le week-end aussi. Tony, souvent il m'énerve mais je ne veux pas lui faire de peine. Alors je l'ai laissé dire tout l'été. Laisse pisser ! dit ma mère quand elle trouve qu'un truc est trop nul. Alors j'ai laissé. Tony pouvait raconter ce qu'il voulait, je faisais comme si j'entendais pas même si j'entendais très bien. Tony, c'est mon copain depuis toujours. Tout l'été, je l'ai entendu. Tout l'été, je suis resté calme.

Mais là… ça commence à bien faire. Tony, Laurent… Pourquoi ils me cherchent tous avec cette histoire de collège ?! Heureusement, c'est bientôt l'heure de la fin. Je serre plus fort le poing. Laurent dit qu'on laisse tomber la Charte et qu'on va aller taper un peu la balle dehors, que ça nous fera du bien de nous défouler. Je sors sans le regarder.

● Cahier d'humeurs – 11 septembre – rouge bleu noir

Aujourd'hui ça va craquer J'ai dit ça va craquer et CRAC comme je l'ai dit le poing dans le Tony et CRAC CRAC plus rien du tout il a dit après et personne n'a bougé et la grenouille aussi elle a même pas bougé Je crois que peut-être bien j'ai rêvé parce que sinon je serais dans le bureau de la directrice et Andréa serait Mme Dédale
triste comme une eau de vaisselle de pluie
et j'y suis pas et Andréa ne coule pas du ciel
mais le CRAC j'ai pas rêvé j'ai entendu ma tête dans la tête de Tony et son œil il est bleu noir demain matin ~~et la grenouille qui miaule aussi elle a l'œil bleu soir~~

Grégoire, un autre de nos éducateurs, fait sa ronde. Il est presque dix heures de la nuit. Je planque vite fait mon cahier d'humeurs et ma lampe torche sous l'oreiller. Le cahier d'humeurs, c'est une idée d'Andréa. C'est elle qui nous les a achetés avant les grandes vacances. Elle dit que nous, « les p'tits loulous de l'ITEP », on a la tête trop remplie et que parfois on étouffe parce qu'en nous, c'est le grand bazar. Alors le cahier, il sert à trier pour que dans notre tête, il y ait plus de place et que les idées, elles circulent mieux. Moi, au départ j'ai cru que c'était un journal rose comme les filles où elles mettent leurs histoires de cœur et les machins un peu nuls comme ça.

– C'est un journal intime ? j'ai demandé.

– Oui, on peut appeler ça un journal intime, c'est vrai, m'a répondu Andréa. Mais on peut l'appeler journal de bord aussi. Comme si nous étions tous des capitaines de navire sur le grand océan de la vie. Moi, j'aime le terme cahier d'humeurs. On pense au ciel, aux saisons, aux couleurs. À tout ce qui change et varie comme notre cœur, comme notre esprit.

– Mais c'est nul les histoires de cœur et tout, a protesté Lucas.

– Tu n'es pas obligé d'écrire des histoires à l'eau de rose, a dit Andréa en riant. Tu peux inventer tout ce que tu veux. Écrire des choses qui ne sont pas vraies. Ou qui sont vraies aussi. C'est comme tu veux. C'est toi l'écrivain. Le seul, l'unique auteur de ce cahier. Personne ne pourra rien en dire puisque personne ne le lira. La seule chose importante, c'est d'écrire régulièrement.

– Tous les jours ? a demandé Vincent, inquiet.

– Oui, un peu tous les jours, ce serait bien, a répondu Andréa. Juste une ligne seulement ou même parfois un seul mot.

– Un gros mot aussi ? a ajouté Vincent.

– Oui, si tu veux. Mais si tu fais cent pages de gros mots, tu vas t'ennuyer, non ?

On a tous ri. Parce qu'on imaginait tous des pages et des pages de gros mots, et ça nous faisait du bien d'imaginer ça. Je ne sais pas si les autres écrivent dans leur cahier. On n'en parle pas. Il n'y a qu'Andréa à qui j'ai dit à la première rentrée que j'avais écrit mes humeurs cet été et que peut-être bientôt il me faudrait même un deuxième cahier. J'ai eu droit à son regard fin fond de l'espace. Alors le soir, tout fier et tout heureux, j'ai écrit juste ça : *4 septembre – bleu et d'or – Andréa de l'espace qui dort dans le ciel des yeux.*

Mercredi. – Andréa nous fait faire des maths. Je regarde le tableau comme elle le demande. J'essaie de faire attention, mais c'est difficile : les chiffres remuent dans tous les sens. Au début du cours, c'est juste le bout de leurs pattes, mais après c'est leur tête qui s'agite et puis tous les corps en entier qui bougent dans tous les sens. Les chiffres se baladent sur le tableau, s'aventurent tout autour sur les murs et même sur le plafond. Comment Andréa veut que je comprenne quelque chose si les chiffres ne tiennent pas en place ? On dirait qu'elle ne se rend compte de rien ; elle reste très sérieuse, très concentrée sur ce qu'elle veut nous dire à nous qui ne comprenons pas parce que les chiffres remueurs nous déconcentrent. Vu qu'on l'aime beaucoup, on fait des efforts : on essaie de ne pas faire gigoter les pieds, les mains, mais tout autour de nous c'est le bazar : les crayons cliquettent, les gommes bondissent, les ciseaux se jettent par terre comme des kamikazes… Impossible de ne pas bouger dans des conditions pareilles !

Après une heure de maths, les joues un peu rosies, Andréa nous propose de faire une pause. Quand elle dit ça, ça veut dire qu'on a le droit de se reposer – donc en silence ! – ou de parler de tout ce qui nous passe par la tête – mais sérieusement ! Elle dit que c'est une pause « constructive » ; c'est-à-dire un moment de détente qui nous apprend quand même quelque chose. Andréa, si on l'écoutait, on réfléchirait tout le temps !

Je ne sais pas ce que j'ai. Ça me pince dans l'estomac. Non, en fait c'est au-dessus de l'estomac je crois. Enfin, je sais pas trop où, mais ça pince comme si j'avais un petit crabe qui cherchait à m'énerver. Lorsque Lucas passe à côté de moi pour aller jeter un truc à la poubelle, le crabe pince un peu plus fort, alors d'un coup ma jambe se tend vers Lucas qui manque de tomber. Lucas, il ne fait pas partie des exceptionnels. Ça se voit. Il hurle comme s'il s'était cassé le nez par terre et moi je me bidonne, je dis que c'est le crabe.

Andréa soupire et dit que c'est la fin de la pause, qu'on va sortir faire classe verte. Elle a apporté des graines de narcisse. « Vous connaissez l'histoire de Narcisse, la triste histoire du beau Narcisse ? » elle demande, et tout le monde répond non. Elle nous raconte alors l'histoire, Narcisse, Écho et tout ça. Elle raconte bien, je trouve... même si je comprends pas toujours tout. Vincent me glisse à l'oreille que c'est une histoire nulle, une histoire de tante qui s'est noyée. Je ne comprends pas pourquoi il me parle de sa tante. Peut-être qu'elle s'est noyée elle aussi. Je hausse les épaules parce que j'aime pas les histoires de mort, mais Vincent, lui, ça le fait rigoler. Enfin, on va tous au petit jardin derrière le dortoir de l'ITEP, sauf Jérémy qui doit aller voir sa psy. On y passe la fin de matinée plutôt dans le calme. C'est marrant ça : quand on jardine, on ne se dispute pas.

Tagada le cuistot vient nous dire bonjour. Il fume sa pipe en attendant que les « fauves » débarquent. Les fauves, c'est nous parce qu'il dit qu'on mange comme des lions qui n'auraient pas vu de gazelles depuis mille ans et que parfois il a l'impression que lui aussi il va se faire avaler. On l'entoure, on le questionne ; on essaie de savoir ce qu'il y a au menu, mais il ne lâche rien. Il est marrant, Tagada. Rien que de le voir, j'ai faim. Une énorme faim. L'après-midi, Tony m'embête encore avec cette histoire de collège, alors sans le faire exprès je le bouscule avec ma tête.

Jeudi. – De l'ennui et de l'ennui. Rien que de l'ennui. La directrice nous fait venir dans son bureau Tony et moi. Elle me demande si c'est moi qui ai frappé Tony ; je dis non. Elle demande à Tony si c'est moi qui l'ai frappé ; il dit non. Tony, il est casse-pieds mais il ne balance jamais. La directrice secoue la tête, puis elle nous dit de retourner avec Laurent. Une journée d'ennui. Rien que rien que rien que de l'ennui.

Vendredi. – 16 heures. Grands yeux sombres, signe d'orage. Les copains ont filé, mais moi elle me retient. Il n'y a plus qu'elle et moi : Andréa et Gavin le big big boss. Le big un petit peu moins big lorsque Andréa fait Mme Dédale qui fait ses yeux noirs et que dans la salle jaune pâle, on ne voit plus que ça.

– Gavin, tu ne peux pas me rendre une copie aussi sale, elle dit.

– Mais c'est pas sale, c'est un dessin.

– Un dessin ?

– Oui. J'ai fait une encre comme vous nous avez montré l'année dernière.

– C'est vrai, ça y ressemble… Tu t'en souviens donc ?

– Ben ouais.

– Gavin, on ne dit pas « ouais ».

Elle sourit. Je me détends, redeviens big.

– Excuse-moi, Gavin. Je n'avais pas regardé

attentivement. Effectivement, c'est une encre. Il y a des nuances, des formes qui dialoguent, elle dit.

D'un coup, elle a l'air de faire très attention et de trouver mon dessin tellement formidable que malgré moi je me redresse, je sors les pectoraux comme jamais. Je suis sûr qu'on me prendrait dans un film où ça pète. Genre Vin Diesel dans *Fast and Furious*, il peut prendre sa retraite. Je suis big big big.

– Explique-moi… Cette forme au milieu, qu'est-ce que c'est ?

– Un escargot qui crie.

– Un escargot qui crie ?

– Ouais.

Elle fait ses grands yeux rêveurs. Le cri de l'escargot, ça lui a plu.

– Et qu'est-ce qu'il crie cet escargot ?

– Rien. Il crie, c'est tout.

– Et toi, tu le laisses crier ? Tu ne lui dis rien ?

Qu'est-ce qu'elle veut que je réponde à ça ? Je ne suis pas débile, je ne parle pas aux escargots. Mais bon, devant Mme Dédale qui redevient Andréa que j'aime bien avec ses grands yeux qui m'attrapent tout entier, je ne peux plus faire ma mauvaise tête, alors je réponds.

– Je lui dis d'arrêter de crier.

– C'est tout ?

– Et que ça sert à rien et que, s'il continue son bazar, je vais lui...

– Tu vas lui quoi ?

Je pince les lèvres très fort pour empêcher les mots de sortir.

– S'il te plaît, Gavin, réponds-moi. Tu vas lui quoi ?

– Casser la tête...

– Ah oui ?
– Oui.
– Comme pour Tony ?

Là, c'est vache. J'ai plus envie de lui parler. Plus envie, moi, de répondre à toutes ces questions débiles. Je fais le mur. C'est son expression à elle : « Gavin, tu fais le mur aujourd'hui. »

Eh ben ouais, là je fais le mur. De longs kilomètres de mur sans portes, sans fenêtres. Même pas une fissure, ni même un tout petit trou. Rien n'entre, rien ne sort. Rien à cirer de son escargot, de Tony et de tout le reste. Et si elle veut pas que j'aille au collège lundi, si elle veut me priver de ma deuxième rentrée je m'en moque, je m'en fiche, je m'en fous.

Andréa se retransforme en Mme Dédale et elle baisse les paupières, et je n'aime pas quand elle fait ça, c'est comme si elle me quittait. Pourquoi elle ne crie pas ? Pourquoi elle ne me crie pas mille fois, un milliard de milliards de fois plus fort que l'escargot ? Aussi fort que ma mère ?

Là, je saurais quoi dire et comment faire. Mais non, elle a les yeux baissés. En silence. Juste elle et moi : Mme Dédale et Gavin le mur. Je fais le mur genre béton armé, mais je sens bien que cette histoire d'escargot s'accroche à moi. Que ça grimpe sur mes bras, sur mon ventre et peut-être même dans ma tête. Et c'est tellement désagréable, tellement insupportable ce truc qui me bave partout que je sens bien que je vais chialer. Un peu. Pas beaucoup mais un peu. Alors le mur ramollit, juste ce qu'il faut pour que je puisse souffler :

– Tony, il est comme l'escargot.

Lumière. Soleil. Andréa est de retour et le mur fond totalement. C'était un mur de glaçon faut croire. Le bon vieux Gavin est de retour. Je ne retiens plus rien.

– Tony, il crie, il pleure tout le temps. Mais pas dans la cour, pas chez lui. Personne n'est au courant. Personne ne sait. Sauf moi. Tony, il me suit partout. Il me colle tout le temps. Même quand on n'est pas ensemble, je l'entends qui crie dans ma tête tout le temps, vous comprenez ? Il crie mais y a que moi qui l'entends. Il ne veut pas que j'aille au collège. Il ne veut pas me laisser tranquille. J'en ai marre. Vraiment marre, vous comprenez ?

– Oui, Gavin. Je crois que je comprends. Je te propose d'en rester là, tu veux bien ? Il se fait tard et tu dois être fatigué. Et moi aussi, je t'avoue, je suis un peu fatiguée. On se revoit lundi matin.

– Au collège ?

– Mais oui, Gavin, on se retrouve au collège. Pourquoi veux-tu que ça change ?! Allez, oust ! Passe un bon week-end. Sois gentil chez toi, d'accord ?

– Ouais.

– Gavin…

– Oui, Andréa.

– N'oublie pas de recopier tes phrases de français, d'accord ?

– Oui, oui.
– À lundi, Gavin. Fais attention en rentrant.
– OK !

Je file. Je trace. Je suis genre un guépard. Ce soir, je vais rentrer direct à la maison et je vais faire bien comme il faut. Mes devoirs dès le vendredi soir, du jamais-vu ! Quand je raconterai ça à Andréa, les yeux qu'elle va faire ! Je file, je trace, ça cogne en dedans, ça brûle la gorge un peu, j'aime bien. J'ai l'impression de ne presque plus toucher terre, que moi je suis mélangé au sol, à l'air, au ciel et même aux voitures, aux trottoirs.

Rond-point.
Boulevard.
Les immeubles s'écartent sur mon passage.

Au 4B-Ravel, Tony est assis au pied des marches. Je vois son tee-shirt trop grand, ses bras tout maigres qui serrent ses mollets tout maigres aussi et sa petite tête qui se cache entre ses genoux. Il n'est pas encore monté chez lui ; je suis sûr qu'il m'attend. Désolé, Tony, je suis un guépard et les guépards, tu comprends, ça n'a pas le temps de parler aux escargots. Désolé, Tony. On se verra plus tard.

● Cahier d'humeurs – 14 septembre – sans couleur

Vendredi le soir après

Aujourd'hui c'était une histoire débile de garçon débile et de un monde de bile Le garçon qui crie et qu'on l'entend pas normal il est dans sa coquille l'escargot

Tony et c'est mon meilleur ami – mais on se verra ou presque pas parce que moi je suis ~~moins débile~~ que Tony PAS débile, lundi je vais au collège et le lundi après et encore après je rêvais et rêvais au collège TOUS les lundis de ma vie maintenant je rêvais au collège c'est comme ça

Andréa des yeux l'espace je veux pas qu'elle soit en loin de moi

2

LA DEUXIÈME RENTRÉE

Premier jour. – Lundi 7 h 55. Ça sonne. À l'ITEP, on n'a pas ça, la sonnerie. Ça me secoue un peu vu que j'ai la tête pleine de trous et le ventre vide, vu que je n'ai pas mangé ce matin. Pas faim. De toute façon, il n'y avait rien : le copain à ma mère il a tout bouffé ce week-end. Andréa dit qu'on dit « manger » pour les humains, mais le copain à ma mère je suis pas sûr que ça soit un humain alors je peux dire qu'il bouffe tout. Le copain à ma mère, il ne vient que le week-end, comme moi. Sauf que lui, la semaine, il est dans son camion et que moi je suis à l'ITEP. Le vendredi soir, ma mère est toujours contente. Elle dit : « Voilà, mes deux hommes ! » Le dimanche, elle est moins contente et elle crie plutôt : « Vivement demain, que je sois tranquille ! Vous serez partis, bon débarras ! » Ma mère, elle a aussi ses humeurs, mais elle ne les écrit pas.

7 h 58. On est tous là, les cinq exceptionnels : Mike, Thom, Fil, Vincent et moi évidemment. On s'est bien habillés, bien coiffés. Fil s'est versé un tube de gel sur la tête et s'est fait une super crête d'indestructible. Moi, j'ai mis mon super sweat bleu que ma sœur m'a acheté pour mon anniversaire. Même Thom, il a essayé d'être plus beau ; il a un tee-shirt et un pantalon avec moins de taches que d'habitude. On a trop la classe mais on reste dans notre coin, près de la grille d'entrée : faut quand même pas trop impressionner les normaux dès le premier jour.

Andréa est déjà arrivée, je la vois. Elle est assise dans une salle avec les autres profs. Une tasse dans les mains, elle écoute mais ne parle pas. Elle aussi, c'est sa deuxième rentrée ; elle doit avoir le trac c'est sûr.

Dans la cour, les normaux se sont regroupés à la première sonnerie et se sont mis en rangs, enfin à ce qui devrait ressembler à des rangs. Ils nous regardent et se disent des trucs qu'on ne peut pas entendre vu qu'on est trop loin. En tout cas, les normaux, ils ne sont pas plus calmes que nous à l'ITEP, et en plus personne ne leur dit rien alors que nous, les éducateurs et les profs, ils n'aiment pas qu'on fasse le troupeau. Ils nous calment à chaque fois – enfin, ils essaient à chaque fois, mais ça ne marche pas toujours.

8 heures. Ça sonne une deuxième fois. Par la fenêtre, je vois toujours Andréa et il n'y a pas beaucoup de profs qui bougent. Peut-être que dans la salle où ils sont, ils n'entendent pas bien la sonnerie.

8 h 04. Notre deuxième rentrée commence en retard. Ils avaient dit « 8 heures tapantes ». Dans ma tête, les trous se tendent. Ils se sentent

mal, et je les entends qui crient parce qu'ils sont trop serrés et que certains trous marchent sur les pieds des autres. C'est le bazar. Je n'ai pas dû assez écrire dans mon cahier d'humeurs ce week-end et dans ma tête, forcément, ça circule mal.

8 h 07. Quand Andréa vient nous chercher, elle a un grand sourire qu'elle n'avait pas avant dans la salle avec les autres profs. Elle dit :

– Bienvenue, les garçons. On va aller travailler dans notre salle et puis peut-être que tout à l'heure M. le principal viendra vous dire bonjour. C'est chouette, n'est-ce pas ?

– On est en retard, je dis.

– C'est vrai, Gavin. Je m'en excuse. Moi aussi, tu sais, c'est ma deuxième rentrée, alors tout n'est pas parfait.

– Dis, Andréa, on fait de l'ordi ? demande Fil.

– Pas ce matin, Fil. Le CDI est occupé. On ira plus tard. Vous venez ?

On la suit. Aucun bruit dans les couloirs et des couleurs pas très belles. Pas de fenêtres – il fait tellement sombre qu'ils sont obligés de laisser les lumières allumées, des gros néons cafards. Et pas de tableaux, pas de posters non plus. À l'ITEP, on a des images partout ; il y a toujours des choses à regarder pour faire partir les yeux. C'est pour qu'on se sente un peu comme chez nous même si c'est pas chez nous. Mais au collège, il n'y a rien. C'est grand, c'est vide. Andréa dit que c'est normal, que le collège c'est pas fait pour rêver, ni pour se promener. L'important, c'est les cours et de bien apprendre.

On arrive dans une salle avec des éviers et du carrelage blanc partout sur les tables. Et il y a un squelette en plastique accroché à un porte-manteau à roulettes. C'est trop bizarre.

– Voilà, c'est la salle de SVT. On y sera tous les lundis, mardis et jeudis matin.

– Et les ordis alors ? réclame encore Fil.

– Je ne sais pas, Fil. Je n'ai pas encore préparé

tout ça avec Mme Laroue, la documentaliste.

– Pfff ! C'est trop nul, rouspètent Fil et Thom.

– Allons les garçons, ça commence tout juste. On ne va pas ronchonner dès notre première heure ? Si ?

– Non, répondent en chœur Fil et Thom en bougonnant quand même.

On se met au travail. Ça ressemble à ce qu'on fait à l'ITEP, sauf qu'on est tout seuls et que c'est très grand autour de nous. Mes trous se taisent jusqu'à la récré. Quand ça sonne, ils se réveillent et je crois bien que le crabe aussi avec eux vu que ça me fait bizarre dans l'estomac. Je traîne un peu, je vais tripoter le squelette, je pose des questions à Andréa qui me répond, sans pitié, qu'il faut que j'aille dehors avec les autres, qu'on se retrouve comme tout à l'heure quand ça sonnera à 10 h 15 et qu'elle n'est pas loin, juste là près de la porte d'entrée. Au moindre souci elle arrive, promis.

Dehors, pour une fois, nous les exceptionnels,

on ne sait pas quoi faire. On piétine, les mains dans les poches. On fait genre tout va bien, mais quand même c'est pas normal d'être dans la cour des normaux. Toutes ces têtes qu'on ne connaît pas, ça fait bizarre. Ils font des tas de petits groupes et, en même temps, ça forme comme un grand tout. Un groupe de grands, des troisièmes, nous regarde genre « attention on vous regarde les gars ». Puis il y en a un, le plus petit des grands, qui s'approche et qui dit à Mike :

– Je t'ai déjà vu. T'es le frère de Steven, c'est ça ?

– Ouais, fait Mike sans trop savoir s'il doit se la jouer ou pas.

– T'es un bolos alors ?

– Ben non.

– Ben si. Comme ton frère. Vous êtes des bolos, c'est comme ça.

Le petit grand s'en va aussi vite qu'il est arrivé, et Mike a les larmes aux yeux derrière ses lunettes. Il ne manquait plus que ça : Mike qui chiale sa mère avec des lunettes sans essuie-glaces intégrés. Super la deuxième rentrée ! Je m'éloigne de quelques pas. Je regarde l'autre qui a rejoint ses copains et qui se marre en nous montrant du doigt. L'un d'eux me fait une grimace, genre « tête de débile qui louche ». Je dis à Mike pour le consoler que je lui casserais bien la tête à ce grand débile, mais ça sonne et tout le monde fait semblant de se ranger. Andréa fait ses yeux de l'espace – mais un espace qui tremble – parce que Mike renifle et a ses lunettes encore toutes mouillées. Fil – qui ne sait jamais tenir sa langue enfermée, tout le monde le sait – ne peut pas s'empêcher de raconter ce qui s'est passé. Il balance tout – même et surtout mon envie de casser la tête du petit grand. Alors, en moins d'une seconde, Andréa devient Mme Dédale avec sa voix et ses yeux très sérieux et elle se met à expliquer qu'ici c'est nous les nouveaux et qu'il faudra se tenir bien même si on vient nous embêter. Qu'il ne faut pas faire de vagues parce que ça empêcherait de venir travailler ici. S'il y a un souci, il faut tout de suite la prévenir, elle ajoute. Je ne trouve pas ça juste, mais je ne sais pas l'expliquer. Je ne comprends pas pourquoi il faudrait se taire et se faire traiter sans rien dire. La vie, c'est pas ça. Sinon tout le monde te marche dessus comme sur un vieux tapis. C'est ce que dit ma mère quand elle parle des hommes et surtout de mon père. Elle les appelle les carpettes. La fin de matinée est triste je trouve.

À la cantine, il n'y a pas de Tagada. Le cuisinier du collège et ses copines ne nous regardent pas, ne nous parlent pas. Ils remplissent les assiettes sans lever la tête de leurs grosses gamelles. Nous, à l'ITEP, on parle et on dit bonjour. Franchement, le collège c'est trop bizarre. J'entends mes trous qui réfléchissent. Ils ne sont pas certains de trouver ça si bien que ça la deuxième rentrée. Heureusement la cantine au collège, ça ne sera que deux fois par semaine, le lundi et le jeudi, quand on doit rester toute la journée.

13 h 15. On rencontre Mme Laroue. Une vraie blonde – j'ai regardé les racines et les sourcils comme m'a appris ma mère –, toute frisée, qui parle vite et qui remue beaucoup ses mains quand elle parle. Elle nous fait la visite du CDI à 100 km/h. Là, les albums, les BD. Là, les romans – ce sont des livres sans images, elle précise comme si on savait pas. Là, les livres documentaires sur la géographie, les animaux, l'espace et tout ça.

Là, là, là.

Je voudrais lui dire de se calmer parce que nous, les exceptionnels, on n'a pas besoin d'autant de livres mais elle va trop vite, et je ne me sens pas de l'arrêter, et puis après elle nous parle du club lecture tous les lundis midi. Il paraît que chez les normaux, il y en a qui ne mangent pas le midi pour parler des livres qu'ils ont lus. Ils sont bizarres les normaux quand même. Et puis elle nous montre le coin des affiches qui présentent les sorties cinéma et les sorties théâtre. Elle dit qu'on pourra s'arranger pour y aller ensemble parfois. Elle demande qui est déjà allé au théâtre ; personne ne répond. On ne va pas la vexer dès le premier jour en lui disant que le théâtre, c'est pour les vieux. À 13 h 25 quand ça sonne, Mme Laroue nous met à la porte et nous dit à bientôt et qu'elle est super contente parce qu'on va faire plein de choses géniales ensemble. En fin de journée, elle doit être crevée Mme Laroue, je dis à Andréa. Ça l'amuse beaucoup.

13 h 40. Salle de techno. On va être deux heures avec les normaux de la 6e 2. On écoute un instant avant de toquer. On entend une très grosse voix, genre voix des cavernes. Andréa sourit et nous assure que tout va très bien se passer. Mais quand la voix derrière la porte dit d'entrer et qu'Andréa ouvre et s'avance dans la salle avec nous, la voix fait les gros yeux, genre « d'où ils débarquent ceux-là ? ». Andréa se présente, elle dit nos prénoms et explique qu'on doit être ensemble aujourd'hui, que Mme notre directrice de l'ITEP

a prévu ça avec M. le principal. La voix a l'air gênée et plisse les yeux, le front, enfin bref tout ce qui peut se plisser dans un visage de voix des cavernes. Je ne comprends pas bien pourquoi, mais ça n'a pas l'air possible. Pendant qu'Andréa et la voix s'expliquent, les normaux de 6e 2 nous regardent en douce. Je les entends chuchoter et ricaner et les trous dans ma tête se réveillent. Ils faisaient la sieste après le repas, tranquilles, mais là, ça n'est plus possible. Je me rapproche de la porte parce qu'il y a plus d'air pour mes trous dans le couloir. Ça les calme un peu. Quand Andréa a fini de parler avec la voix, elle nous pousse gentiment hors de la classe. On se retrouve dans le couloir, ça devient une habitude.

– Je suis désolée, les garçons. M. Thurot n'a pas été prévenu. On va remettre ça à la semaine prochaine, vous voulez bien ?

– C'est trop nul, le collège, je souffle entre mes dents.

– Oh, ne dis pas ça, Gavin ! C'est parfois comme

ça la rentrée. C'est toujours un peu compliqué de mettre de nouvelles choses en place. Je te promets que ça ira mieux après. D'accord ?

– Ouais.

– Gavin !

– Oui.

– Ah là là ! Quelle journée ! Allez les garçons, du courage ! On va aller faire une pause constructive dehors et comme ça, on aura la cour rien que pour nous !

– Vous allez écrire tout ça dans votre cahier ? je demande.

– Dans mon cahier ? Quel cahier ?

– Ben, votre cahier d'humeurs.

– Ah mais oui ! Et comment ! Je vais écrire des lignes et des lignes sur cette journée, tu peux me croire !

– Avec des gros mots ? demande Vincent.

– Peut-être un ou deux, lui répond Andréa les yeux brillants. Mais chut ! C'est secret.

Elle sourit. On va tous dans la cour, et c'est

vrai que c'est chouette de l'avoir juste pour nous constructiver. On s'assoit par terre comme à l'ITEP ; Andréa ça ne la dérange pas. Les trous dans ma tête se rendorment. C'est pas si mal que ça le collège.

Cahier d'humeurs – 17 septembre – jaune trou

Les néons les trous jaunes du noir avec la lumière autour et Andréa et la voix de l'ogre caverne et puis je me dis Allez les garçons !

j'ai encore faim et à la faim je dis aussi Allez les garçons !

Le collège aux normaux de la cour rien que pour nous et les trous qui s'entonnent après la cantine et les yeux des baissés et même Mike ses yeux en verre mouillés

je répète comme elle dit Andréa et le cahier noir encre avec le jaune des trous autour des néons et les yeux au collège partout des yeux d'escargots qui se moquent

3

UN PETIT DOUTE ET PUIS S'EN VA

Les premiers pas d'octobre. – Ça fait trois semaines maintenant que nous les exceptionnels, on va au collège. C'est pas facile mais on est des champions, nous félicite Andréa avec ses yeux du fin fond de l'espace. Avec les normaux, ça va bien aussi. Tous les cinq, on essaie de faire comme il faut. On est les représentants de l'ITEP, a dit Andréa, alors faut assurer. Et puis il y a des normaux avec qui on s'amuse bien. Je me dis que certains pourraient être avec nous à l'ITEP s'ils n'étaient pas normaux. Il doit forcément leur manquer un truc. Un *je ne sais quoi*, dit Grégoire avec un drôle d'accent. Il fait : « Vous les gars, on ne peut pas vous confondre ! Vous avez un vrai *jeu neu sé koâ.* » Le *je ne sais quoi*, c'est un peu comme une marque super connue dans le monde entier mais qui n'a pas d'étiquette ou de dessin pour qu'on la reconnaisse, alors on ne peut juste pas dire quelle marque c'est. C'est sans doute pour ça que Grégoire quand il nous dit ça, il parle comme un Américain qui parle mal français. Pour qu'on sente ce qui se voit pas.

Peut-être qu'il a raison et qu'on a un truc. Parce qu'au collège, les filles elles nous regardent vachement plus que celles de l'ITEP. Sauf Mike et Thom : Mike, c'est à cause de ses lunettes, et Thom, parce qu'il a un ventre de baleine Flanby. Les normales, elles savent qu'on est des vrais durs et que les normaux, c'est pas pareil. Ils tiennent pas la route, les pauvres. Et là, je suis d'accord avec les filles pour une fois. Parce que nous, à l'ITEP, on connaît vraiment la vie. On est des durs parce que la vie, c'est pas doux.

Bon, les Mike et les Thom, c'est des exceptions. Eux on les accepte pour être gentil parce que sinon ils auraient nulle part où aller, et puis aussi parce que – même binoclard, même baleine – ils sont quand même plus au courant de la vie que les normaux. Et puis parce qu'à l'ITEP, c'est comme partout : il y a les boss et que là où il y a des boss, il y a des nains. Juste qu'à l'ITEP, les nains comme Mike et Thom, ils connaissent la vie aussi.

Dans trois autres semaines, c'est les vacances de la Toussaint. On a fait la moitié du chemin, dit Andréa, et le principal doit venir nous voir pour nous féliciter d'être parfaits et de ne pas faire le bazar dans son collège. Fil trouve ça trop classe. Moi, je me dis qu'il n'est pas très poli le principal et que moi, si j'étais à sa place, je serais venu saluer mes invités dès le premier jour, ou au pire le lendemain. Andréa dit que l'on ne se rend pas compte, que M. le principal a énormément de travail. É-nor-mé-ment de responsabilités. Tu parles ! Je vois très bien ce que c'est être responsable, puisqu'à l'ITEP, je suis responsable de beaucoup de choses : le cahier de textes du groupe bleu et mon dortoir. À la maison de ma mère aussi, je suis responsable pour que ça se passe bien le week-end et parfois même je suis responsable pour garder mon petit frère et parfois aussi bébé Luanne quand ma sœur elle craque et qu'elle veut aller boire un coup avec ses copines. Alors si j'étais M. le principal, je dis que je serais venu dire bonjour depuis longtemps.

En attendant, on travaille beaucoup au collège et on fait beaucoup de français. Beaucoup plus qu'avant, je trouve. Pour Andréa, le travail c'est comme la musique : elle tape le rythme du bout des doigts et faut suivre. Fil, Mike et moi, on essaie de faire entrer les trucs dans notre tête et surtout qu'ils y restent, mais Thom et Vincent souvent ils laissent tomber avant même qu'on commence. Ils doivent avoir une sorte d'allergie au français. Vu qu'il y a plein de microbes qui traînent à l'école, peut-être qu'il y a longtemps, à la maternelle, ils ont attrapé un sale virus qui les rend malades dès qu'Andréa dit des mots comme orthographe ou conjugaison. Orthographe : hop ! ils transpirent et grimacent. Conjugaison : hop ! ils soufflent et se tortillent sur leur chaise comme s'ils avaient des crampes. Je suis sûr de sûr qu'ils sont malades du français. J'ai essayé d'en parler à Andréa, mais elle a dit que ça n'existe pas ce genre de maladie. Je n'ai pas insisté, mais je sais ce que je sais. Andréa, elle est peut-être gênée parce qu'elle sait qu'elle n'a pas le remède pour les guérir et que ça la rend triste. Parce que je vois bien que parfois elle est vraiment triste, que ses yeux dégoulinent comme du ciel de chagrin. Alors elle dit qu'elle est fatiguée. Comme ma mère quand on lui demande si ça va. Ma mère, elle dit toujours : « Laisse-moi tranquille Gavin, je suis fatiguée. » Elle dit rien d'autre que ça et alors je sais bien que c'est moi la fatigue de ma mère. Alors peut-être que nous aussi, on la fatigue Andréa. Comme ma mère.

Moi, c'est pas que je suis allergique comme Thom et Vincent, c'est juste que dans ma tête, il y a des choses qui rentrent et qui y restent, et d'autres qui entrent et qui disparaissent direct. C'est le mystère d'entre les deux oreilles. Ça doit tomber dans mes trous, ça se perd et je n'arrive pas à remettre la main sur ce qu'Andréa nous a expliqué. Je n'ai pas peur ; je ne pleure pas. J'ai l'habitude. Depuis tout petit, c'est comme ça, y a rien à faire : quand je dois me concentrer, ça fait des fourmis dans mes yeux. Des fourmis qui m'empêchent de voir et d'écouter et quand elles me chatouillent alors là, je dois bouger de ma chaise, je dois parler parce que sinon c'est pas possible. Je suis un extraterrestre avec des fourmis, des crabes, des trous… Tout un tas de trucs bizarres en dedans. C'est comme ça.

Ce matin justement, les fourmis sont là et ça fait bondir la voix de Mme Dédale. Direct.

– Gavin ! Veux-tu bien écouter s'il te plaît ?

– Mais j'écoute !

– Tu ne peux pas écouter en faisant la tête de Bob l'éponge !

Les autres rigolent comme des idiots. Moi, je suis dégoûté. J'aime vraiment pas Mme Dédale alors je lui parle mal.

– Je faisais pas Bob l'éponge ! Je faisais Kratos.

– Kratos ?!

– Ben ouais, Kratos dans *God of War*. *God of War*, ça veut dire…

Mme Dédale m'interrompt. Sa voix, elle transforme en glaçon comme Mister Freeze avec son canon cryogénique. Je ne sais pas où Andréa s'en va dans ces moments-là. Sans doute dans une autre galaxie. Ou alors elle se fait congeler par Mme Dédale-Freeze et elle ne peut plus intervenir.

– Je sais ce que ça veut dire *God of War*, merci.

Mais ça ne change rien, Gavin : ni Kratos ni Bob l'éponge ne te feront apprendre tes cours d'histoire.

Là, elle me cherche quand même, et vu que les autres rigolent toujours faut bien que je défende mon honneur. Je lui parle plus mal encore :

– Bob l'éponge, c'est nul. Kratos, lui, il peut faire des *combos* de malheur. C'est le serviteur des dieux de l'Olympe, Poséidon et tous les autres et même Athéna, et il est trop fort. Il se bat à mort contre Arès.

– Gavin, calme-toi. Ça a l'air très intéressant mais calme-toi.

– C'est pas vrai, vous vous en fichez, je dis très fort.

– Mais pas du tout, Gavin. Tu te trompes. J'aime bien que vous me racontiez ce que vous aimez. Vraiment. Allez, calme-toi, s'il te plaît.

Je suis énervé comme Kratos. Mme Dédale

s'avance lentement vers moi, genre «je suis pas ton ennemie tu sais». Je dois trouver l'énergie du coup fatal, alors je crie :

– Tony, il a raison, c'est trop nul d'être ici. C'est pourri de chez pourri. Et vous aussi, vous êtes nulle et vous trouvez qu'on est des gros nuls, mais vous faites semblant qu'on l'est pas, et le collège aussi il est nul et même tout l'ITEP et le principal et j'en ai marre et je vais partir d'ici et…

Ça se coince dans ma gorge et dans ma tête, ça fait un bruit de voiture en panne quand on force le contact, que le moteur va se noyer. Je n'ai plus qu'un moyen de m'en sortir : j'attrape ma trousse, mon livre, mon cahier et je les explose par terre, contre les murs et le tableau. La colère de Kratos pour de vrai.

Silence de glace. Thom se met à pleurer comme d'habitude. Les autres se lèvent, tournent autour des tables. C'est le grand bazar. Vincent crie qu'il en a marre aussi, qu'il veut rentrer. Mike continue de rire ; il n'arrête pas. Et moi, Gavin – pas le boss, juste Gavin – je reste là. Je voudrais être loin. Je ne sais pas où. Je voudrais voir ma mère. Les trous dans ma tête se serrent les uns contre les autres. Je ne pense rien. J'entends. Loin, très loin. Andréa Dédale qui dit :

– Ça va aller, Gavin. Chut, calme-toi. Ça va aller. Vincent, assieds-toi à ta place, s'il te plaît. Thom et Fil, vous voulez bien me rendre un petit service ? Allez au CDI et demandez à Mme Laroue de nous prêter un ou deux livres sur les dieux de l'Olympe ? C'est gentil. Merci.

Elle s'assoit à côté de moi et elle pose sa main sur mon épaule. Et moi aussi, comme Thom, je me mets à pleurer mais sans bruit. Je déteste le collège. Je déteste les normaux, Mme Dédale et mes trous, le crabe, le monde entier. Au loin, très loin, la voix d'Andréa chuchote :

– Gavin, c’est super ton histoire de Kratos et de dieux de l’Olympe. Mme Laroue voudrait lancer un concours d’exposés pour les classes de sixième. Je me dis que ce serait bien si on leur proposait quelque chose… Qu’est-ce que tu en penses ?

Je ne pense rien. J’entends. Loin, très loin.

– Ce n’est pas grave, on en reparlera plus tard. Ça va aller, Gavin.

Après je reste sur ma chaise et je regarde la table en carrelage. Je fais le mur. Andréa lit des petits bouts d’histoires des dieux. Je suis un mur qui a des oreilles, alors même si je veux pas, j’entends un peu.

Le soir, à l’ITEP, tout le monde est au courant de mon combat avec Mme Dédale. Tout le monde me regarde bizarre et loin, très loin, j’entends la voix de Tony l’escargot qui chante :

« Gavin, il va se faire virer. Gavin, il est trop nul. »

Cahier d'humeurs – 8 octobre – couleur paille de fer
dans la tête Tony et le collège les normaux
et les trous qui crient
et ça crie ça gratte au sang et personne n'entend
que moi sauf les fourmis qui viennent juste avant
Arès il a tué tout le monde mais sauf moi je sais
que le sang il a marqué tout ce qui ne se voit pas
et que j'ai envie de tout atomiser
~~peut-être que~~ je vais partir parce que d'ici il y a rien
Andréa est revenue et on va faire un exposé sur les dieux des recherches sur l'Olympe et la colère qui se transforme en plein de choses et après je suis redevenu Gavin et plus Kratos et j'ai vu le calme avec Andréa

4

LE NEZ CONTRE LE MUR

Chaque matin – En partant au collège, j'ai un petit peu l'estomac serré. Je me demande ce qui va se passer parce qu'il se passe toujours quelque chose. Il y a toujours un truc qui ne va pas. Je me regarde dans la glace : pas une mèche qui dépasse, pas une tache sur le maillot. Ça c'est bon. Je vérifie dans mon sac : livres, classeur, trousse, et dans la trousse, gomme, crayons, stylos. J'ai toujours l'impression que je vais oublier quelque chose. Je vérifie. Je me sers de ma tête comme ils disent tous, mais y a pas moyen : il manque toujours un truc. Une feuille pour écrire, une gomme pour effacer, une règle pour tracer droit… Pourtant, je vérifie *mais* il me manque toujours un truc. C'est mon sac à dos qui doit les manger, je ne vois pas d'autres explications. D'ailleurs je ne l'aime pas ce sac, c'était à ma sœur quand elle allait encore un peu à l'école, et il a une vraie tête à te manger tes affaires sans rien dire.

Chaque matin, Andréa me dit que ce n'est pas grave, qu'il faut que je fasse plus attention encore. Ce qui me rassure en fait, c'est qu'il n'y a pas qu'à moi que le sac joue des tours. Souvent les normaux aussi, ils se font disputer parce qu'ils n'ont pas leurs affaires. En techno, en sport et même quand on est au CDI et qu'il y a une classe en même temps que nous, il y en a toujours un ou deux qui ont oublié un truc. Sauf qu'eux, les normaux, ils n'ont pas d'Andréa qui sait tout. Leurs profs, c'est des *spécialistes* comme les spécialistes pour arracher les dents ou exterminer les cafards, et ils sont nettement moins gentils, mais les normaux, ça ne les dérange pas. Pour eux, c'est normal justement.

Les spécialistes ne font pas trop attention à nous. On est le groupe des exceptionnels, alors c'est pas leurs affaires. On se croise dans les couloirs ou au CDI ou aussi on les entend de l'autre côté du mur de notre salle à nous.

Il y a des normaux bizarres qui lèvent le doigt tout le temps en disant « moi, moi, moi » et ils sont super heureux quand c'est eux qui peuvent parler. Ou alors ils soupirent très fort, genre le cœur brisé, si c'est pas eux qui ont été désignés, et alors le prof se moque ou se fâche, ça dépend. Parce que les spécialistes se fâchent souvent après ceux qui veulent toujours répondre et aussi après ceux qui ne veulent jamais et à chaque fois quasiment ça se termine par une phrase qui tue ou pire, un mot dans le carnet de liaison. Le carnet de liaison, c'est comme mon cahier d'humeurs sauf que c'est pour les profs. Ils écrivent dedans ce qui leur passe par la tête et en plus les parents sont obligés de le lire et de signer dedans pour dire qu'ils l'ont bien lu. Ce qui est bizarre, c'est que ça ne change rien : il y a toujours des normaux qui font un truc de travers et les profs à chaque fois crient :

– Machin truc, je n'en peux plus. Donne-moi ton carnet de liaison ! Tout de suite !

Heureusement, nous on n'a pas de carnet de liaison. C'est Andréa qui note tout. C'est notre référente, elle dit la directrice. Et heureusement qu'elle est là, Andréa, qu'elle veille sur nous parce que parfois au collège, j'ai l'impression qu'on est invisibles vu que personne ne nous dit jamais rien. On doit être des exceptionnels invisibles. Si on le voulait, on pourrait tous les tuer sans qu'ils aient le temps de sonner l'alarme – mais bon, j'imagine ça quand mes trous font trop le bazar et que j'ai envie d'être ailleurs. Sauf que les spécialistes, ils n'aiment pas qu'on ait envie d'être ailleurs. Ils n'aiment pas non plus savoir ce qui est vrai ou pas. C'est comme ça que, ce mardi, j'ai failli me faire renvoyer pour toujours.

Chaque matin, Mike, Thom, Fil, Vincent et moi Gavin le big big boss, on arrive devant le collège. On n'entre pas dans la cour, on attend que ça sonne. Je ne sais pas pourquoi mais c'est comme ça. On arrive et on reste là, juste devant la grille. Comme chaque matin où on va au collège, Andréa vient nous chercher, et c'est avec elle qu'on rentre enfin dans la cour et qu'on va dans notre salle et au début souvent ça va bien. C'est la récré du matin qui est compliquée. C'est un peu comme si tout le monde avait laissé son cerveau dans la classe et que tout le monde devient zombie. On se pousse, on se cogne et même si c'est très grand on est toujours tous au même endroit, et le même endroit, c'est les toilettes. Andréa a beau ne pas faire de pause constructive avec les spécialistes et rester avec nous à la récré, il y a un endroit qu'elle ne peut pas contrôler et cet endroit, c'est les toilettes des garçons et là, Andréa elle ne peut pas entrer. Elle ne peut pas empêcher le bazar. Chez les filles, elle pourrait, mais pas chez nous. Même si elle se transformait en Mme Dédale et même en Mister Freeze elle ne pourrait pas : elle n'est pas équipée pour pénétrer dans les toilettes des garçons.

CE mardi matin, ça dérape.

Chaque matin aux toilettes, tout le monde se mélange. Tout le monde doit faire la même chose, que tu sois en sixième ou en troisième. Et les troisièmes, ils font vraiment les caïds aux toilettes, genre « c'est mon territoire, pousse-toi de là ». Ce matin, je viens juste de faire ce que j'ai à faire et je me lave les mains parce qu'Andréa dit que c'est très très important de se les laver juste après. Je fais vite parce que les copains m'attendent dehors, mais là, je me prends un coup si fort dans le dos que mon nez se retrouve tout contre le mur. Je me retourne et je vois Enzo – ce faux caïd il s'appelle Enzo, je le sais – qui rigole avec ses potes. Alors en une seconde, mon poing riposte, c'est pas de ma faute. Enzo, il est plus grand que moi, pas de beaucoup mais quand même, alors c'est pas dans sa figure que je tape mais en plein milieu du ventre. Il se plie en deux, le Enzo ; il ne rigole plus. Mais mon poing, ça ne lui suffit pas, alors là, je remets un coup et encore un. Sur sa tête, sur son dos. Mon poing n'a pas du tout envie de se calmer et moi non plus. C'est lui qui l'a cherché, mais allez expliquer ça quand il y a une bagarre ! Jamais les grands – même Andréa – ne veulent entendre qu'il y en a un qui l'a cherché. Pour se battre, il faut toujours être deux, ils disent. Je suis d'accord : se battre tout seul, faut être débile. Ouais, ouais, ouais. N'empêche qu'il y en a toujours un des deux qui cherche et là, c'est pas moi.

Et puis après ou pendant je ne sais pas trop, tout le monde se met à crier. La terre entière se retrouve aux toilettes pour crier et Andréa – qui est encore redevenue Mme Dédale – entre dans les toilettes des garçons pour nous séparer. J'ai honte, mais après.

La suite, c'est simple. On se retrouve dans le bureau du principal. Enzo fait du cinéma ; il se tient le ventre comme s'il allait mourir là tout de suite. Je le regarde pas sinon je le taperai encore. Par terre, il se passe rien de rien du tout d'intéressant mais c'est pas grave, j'observe le sol quand même. C'est pas le bon moment pour dire au principal qu'il n'est toujours pas venu nous voir, je me dis. Andréa Dédale – je n'arrive pas à savoir laquelle des deux est là – se tient très droite à côté de moi. Elle s'excuse, je ne comprends pas pourquoi. On dirait que c'est elle qui s'est bagarrée dans les toilettes. Le principal l'écoute, l'air grave. Quand elle a fini de parler, il me demande de relever la tête et de le regarder. J'obéis.

D'un coup, j'ai des menottes aux poignets. Le principal, il dit qu'il aurait aimé me rencontrer dans d'autres conditions, qu'il est très déçu de ce que je viens de faire.

Et puis il me fusille.

Je tombe mort.

La suite, c'est simple. Le principal m'exclut trois jours. Pour que je réfléchisse, il dit. Enzo, il se fait juste avertir, c'est tout.

On sort du bureau ; Andréa Dédale se tient raide et silencieuse entre Enzo et moi. Je ne pense rien, à rien du tout vu que je suis mort.

5
L'EXCLUSION

À l'ITEP, l'après-midi – Ils sont tous là avec une drôle de tête. Ils préparent mon enterrement.

– Gavin, c'est inacceptable, dit Mme Roumer, la directrice.

– Inacceptable, redit Laurent-la-grenouille-qui-miaule.

– Il faut que tu te calmes, Gavin, rajoute Grégoire. Tu vas rester avec nous quelques jours et réfléchir à ta conduite. C'est important.

– Ça passera vite, ne t'inquiète pas, complète Andréa.

Je les entends sans les entendre. Il y a trop de monde qui parle.

– T'es trop nul, je te l'avais dit, crie Tony dans ma tête.

– Un vrai nul, crie à son tour l'escargot.

– Les autres, ils vont faire l'exposé sans toi ! ajoute Tony.

– Parce que t'es un gros débile ! renchérit l'escargot.

C'est tout réfléchi : plus jamais je ne mettrai les pieds dans leur collège pourri. Et tant pis pour l'exposé et leur concours pourri aussi. Rien à faire. Rien de rien de rien à faire. Dans ma tête, les trous ont disparu je ne sais pas où. Il reste juste Tony et l'escargot. L'escargot qui crie et qui me bave partout en dedans.

● Cahier d'humeurs – 9 octobre – noir noir noir pourri

dans la cour l'escargot sous le pied – CRAC j'ai senti – et TOUT l'escargot sous la semelle qui crie – CRAC dans ma tête encore

Mercredi après-midi – Juste après le repas, Andréa vient me voir à l'ITEP. Trois jours, ça n'est rien, elle me dit, mais dans ses yeux je ne suis pas débile je vois que trois jours c'est le fin fond de l'espace pour elle aussi mais un espace tout noir. Plus d'étoiles, on n'y voit rien.

– Vous l'avez dit à ma mère ? je demande.

– Bien sûr, Gavin. On ne peut pas lui mentir, elle répond.

– Pourquoi ?

– Mais parce que c'est ta mère. C'est important qu'elle sache où tu es, comment tu vas.

– Elle s'en fout de moi, je réponds.

– Non, je ne crois pas.

– Si. Elle s'en fout. Et moi aussi je m'en fous.

– Je ne crois pas, Gavin. Tu ne serais pas triste sinon.

– Je ne suis pas triste.

– Si tu le dis.

– Ouais, je le dis.

– Bon.

– Je voudrais rentrer chez moi.

– Tu sais bien que c'est impossible. La semaine, tu es à l'ITEP. Tu rentreras chez toi vendredi soir comme d'habitude, et tu verras, ça ira. Ta maman a compris ce qui t'est arrivé. Tout ira bien. Je t'assure que tout ira très bien.

– Faut pas promettre.

– Je le fais quand même.

Un silence très doux. Comme un pull en laine, ça enveloppe et ça tient chaud.

– Et alors qu'est-ce qu'on fait ? Tu ne veux plus aller au collège ?

– Je sais pas. Je m'en fiche.

– Je ne crois pas du tout que tu t'en fiches, Gavin. Je crois, au contraire, que c'est très important pour toi. C'est pour cela que tu es malheureux.

– Pourquoi Enzo, il est pas exclu lui ?

– Je ne sais pas, Gavin. M. le principal a pris sa décision ; il faut la respecter.

– C'est pas juste.

– Tu sais, Gavin. C'est ça aussi aller au collège : c'est découvrir des obligations. On ne peut pas faire sa loi à soi. Peut-être que la prochaine fois, au lieu de taper celui qui t'a tapé – et même, et surtout s'il mérite de s'en prendre une –, tu viendras m'en parler, non ?

– Oui, mais Enzo…

– Oublie Enzo et pense juste à ce qui est important pour toi. Juste pour toi, Gavin.

Un silence très très doux. Comme un pull en laine, ça gratte un peu.

– Vous avez fini l'exposé ? je demande.

– Non, bien sûr que non. Nous t'attendons. Mais si tu ne veux plus aller au collège…

– J'ai pas dit ça.

– Alors qu'est-ce qu'on fait ?

– Je peux revenir lundi et on fera les recherches ?

– Ce serait formidable, Gavin. On a vraiment besoin de Crados pour bien travailler !

– C'est Kratos, pas Crados !

– Je sais, Gavin. Je te taquine, bêta.

Elle est drôle, Andréa. Je ronchonne – mais pour de faux.

– C'est pas drôle, je dis.

– Moi, je trouve que si.

– Moi, pas du tout.

– Moi si, et tu sais quoi, Gavin ? Est-ce que tu voudrais bien faire quelque chose pour moi ?

– Ça dépend…

– Est-ce que tu pourrais écrire quelque chose sur ta bagarre ? Quelques lignes que tu nous liras vendredi matin quand on fera cours à l'ITEP.

– Je raconte ce qui s'est passé ?

– Pas tout à fait, mais plutôt quelque chose sur ce que tu as ressenti. Un poème sur tes mains par exemple. Comme on a déjà fait, tu sais ? Avec des petites phrases, des majuscules et des rimes si tu en as envie. Tu te souviens ?

Bien sûr que je me souviens ! Mais qu'est-ce qu'elle veut que j'écrive sur mes mains ? C'est débile comme idée ! Mais au lieu de répondre ça, je dis :

– Ouais, peut-être.

Moi Gavin le big big boss, je suis aussi fou qu'Andréa parfois.

Andréa s'en va. Andréa est partie. Ses yeux de l'espace aussi. Ses yeux de l'espace avec à nouveau des lumières dedans. Je reste tout seul et l'ITEP, le collège, ma tête, tout ressemble à une prison. « C'est la taule ici » hurle ma mère quand elle est en colère à cause de la fatigue. Elle ajoute : « J'en ai marre, marre, marre. Je vais me tirer et vous laisser tous là ! » Mais elle ne s'en va jamais, ma mère, parce que c'est comme pour moi : elle n'y arrive pas. Grégoire vient me chercher pour qu'avec le groupe bleu on fasse une sortie piscine. Bleu, c'est parce qu'à l'ITEP, on n'a pas des classes comme au collège, on a des groupes avec des couleurs, c'est leur truc. Vu que je ne saute pas de joie, Grégoire sourit et me frotte la tête :

– Allez, Gavin ! Reprends-toi ! C'est pas la mort, trois jours ! Ça passera vite ! Et puis t'es pas bien avec nous ? Je ne suis pas le plus génial des éducateurs ?

Je ne réponds pas. Je ne souris pas. Je le suis et je fais le mur comme je sais si bien le faire. Un mur qui marche, c'est vrai, mais un mur quand même. On croise Laurent qui fait son sourire genre « bien fait pour toi, petit c… » Dans ma tête, les trous lui trouvent plein de jolis noms qui le rendraient tout jaune s'il les entendait, cette sale grenouille de malheur.

À la piscine, le carrelage est blanc aussi comme

dans notre salle du collège. Je n'ai pas envie de me mouiller ; je reste au bord. C'est plus fort que moi, je me demande ce que les autres sont en train de faire au collège sans moi. Dans ma tête les trous font leur cinéma ; ils n'arrêtent pas de projeter des images. Des tas d'images idiotes : les murs et les néons cafards, la salle de SVT, le squelette, et même le bureau du principal que j'ai vu pour la première fois après la bagarre. Près de son ordinateur, il y avait un bonhomme en pâte à modeler mal peint et une photo de petit garçon qui fait un grand sourire avec deux dents en moins. C'est forcément son fils. Je ne savais pas qu'on pouvait mettre des photos de sa famille au travail. Si ma mère travaillait, elle ferait peut-être ça.

Et puis d'un coup, je me dis que je suis débile débile débile : on est mercredi après-midi et donc il n'y a pas de cours et donc d'un coup j'ai très envie de sauter dans l'eau. Roi de la piscine, je plonge. Je fais un bond d'orque gigantesque et toute l'eau du grand bassin éclabousse la terre entière.

Cahier d'humeurs – 10 octobre – couleur pull noir qui gratte

des KILOS de murs sur la tête Andréa au loin tout doux

le pull léger très chaud

et le collège aussi des KILOS DE TONNES de murs – la-grenouille-qui-miaule fait des sourires qui brûlent et le collège c'est loin lundi c'est loin une semaine même que les yeux d'Andréa sont trop loin aussi derrière les murs

dans ma tête ça ~~saignait~~ tapait

dans la nuit le squelette a dansé avec le carrelage blanc de la piscine

Jeudi. – J'essaie d'éviter Tony, Lucas et tous les autres. Quand mon groupe d'exceptionnels est là, je les évite aussi. Ça ne m'intéresse pas ce qu'ils racontent : je suis Gavin le big big boss, j'ai besoin de personne. Le truc casse-pieds, c'est que j'ai dû avaler une horloge. Les heures sont longues, longues, longues.

● Cahier d'humeurs – 11 octobre – mes mains pour Andréa
Mes mains sont vivantes
Elles pensent.
De taper le facteur et Enzo
De me toucher
Elles se détestent
Mes mains veulent me taper
Lune a peur et lune est heureuse
Mes mains elles sont seules
elles gueulent
Ça les perturbe de ne pas avoir de corps
Elles se sentent vulgaires
Elles ont envie de vous mettre sous la neige
Mes mains elles veulent jouer, sauter, marcher, faire de la luge, manger du chocolat
Elles pensent mais je peux pas les entendre

Vendredi. – Andréa est là à l'ITEP, alors c'est mieux. Quand elle me regarde, quand elle me parle, c'est pas comme avec les autres. C'est comme si je n'étais pas exclu même si j'y suis. Je lui tends la feuille où il y a mon poème des mains. Elle veut que je le lise. Je dis non. Je ne veux pas. Je veux que ce soit elle. Elle veut bien. Il y en a qui rigolent mais pas beaucoup parce qu'Andréa elle prend sa belle voix pour lire mes mots. J'écoute, on dirait un nouveau poème, un poème de quelqu'un d'autre tellement Andréa elle lit bien.

Quand je rentre à la maison, j'ai le crabe dans l'estomac. J'ai peur que maman crie fort. Mais non. À la maison aussi, c'est comme si j'avais pas été exclu.

Elle a fait des frites au four, et son copain, il n'arrive que demain pour une fois. On est rien que tous les trois, maman, mon petit frère et moi, c'est trop bien.

● Cahier d'humeurs – 12 octobre – poids plume
la lumière juste les yeux d'Andréa
maman dit « arrête ton cirque Gavin, t'inquiète pas » et ça s'envole peut-être loin

la nuit mange son miroir elle danse bien sur la piste multicolore.
il se trouve nul et va jouer aux billes dans le ciel et il y ~~pleure~~ crie comme l'escargot et dévore des bonbons
il promet lundi plus d'embrouilles
il ou Gavin c'est fou

6

RETOURNER AU COLLÈGE

Dimanche. – Tony et moi, on est assis l'un à côté de l'autre, essoufflés et brûlants. On vient de se faire une partie de foot terrible. Tony, il est si pâle d'habitude qu'on dirait qu'aujourd'hui il s'est peint le visage et le cou en rouge. Trop drôle.

– Tu retournes au collège demain, il demande.

– Ouais.

– Moi, j'irai pas.

– Toi t'iras jamais.

– Non, je veux dire : à ta place j'irais pas. C'est trop la honte.

– N'importe quoi, c'est pas la honte.

– Si. Se faire virer, c'est la honte.

– N'importe quoi.

– Je dis pas n'importe quoi. T'as la honte, la honte, la honte.

Sa voix devient aiguë et me pique les oreilles. Je me lève, je chope le ballon et je dribble. Le ballon, c'est la tête de Tony mais je ne lui dis pas. Je réponds juste :

– Le collège, c'est trop bien et demain ce sera trop bien. Je vais faire des recherches avec Andréa et je vais faire un exposé sur Kratos devant tout le monde. C'est moi qui vais gagner le concours d'ailleurs parce que je suis un boss.

– C'est toi qui dis n'importe quoi. Tu sais même pas lire. T'auras la honte.

Le ballon rebondit de plus en plus fort. Ma main, le sol. Le sol, ma main. Tac – tac – tac.

La tête de Tony. Tac – tac – tac. Tony se met à chantonner « la honte, la honte, la honte » et ça me pique plus loin que les oreilles, le cerveau.

– La honte, la honte. T'auras trop la honte.

TAC.
Le ballon dans la tête de Tony. Il crie. Il chiale.

Je rentre vite fait. Autour de moi, tout est dur. Les immeubles, les trottoirs, et même en moi c'est tout dur. Ça fait mal quand je marche. Ça fait mal quand je respire.

Le collège demain.
Le collège demain.
Le collège demain.

Je ne serai pas invisible, c'est sûr. Mardi, j'ai bien vu, après la bagarre, les yeux qui me suivaient, qui se posaient, qui se collaient. Des yeux escargot mais ceux-là ne criaient pas comme

Tony. Ils faisaient mal sur la peau comme de la bave acide. J'aimerais dire tout ça à Andréa ou à Grégoire, mais ils ne sont pas là, et quand je leur parle dans ma tête, c'est pas pareil. Ils ne répondent pas. Les normaux, peut-être qu'ils sont normaux parce qu'ils arrivent à parler dans leur tête ou peut-être même qu'ils n'en ont pas besoin. Peut-être aussi qu'ils n'ont pas de trous, que les mots sont bien rangés et qu'ils les trouvent quand ils les cherchent. Peut-être.

C'est quoi être normal, je me demande. Dans ma tête, personne répond.

● Cahier d'humeurs – 14 octobre – orange honte
dans ma tête, des images drôles, la mer qui se déclenche
un grand stop et je suis rouge de colère et orange la honte
passe au vert il dit le copain à ma mère
et puis voilà il y a un autre panneau : Attention au feu

Le feu, le feu et des panneaux d'interdiction
fin de la partie LOL

Troisième rentrée – Lundi. – Pas faim. De toute façon, le pain il avait une drôle de tête et puis j'aime pas la confiture.

Hier, j'ai fait un rêve trop bizarre. Les trous dans ma tête ont fait le grand n'importe quoi. Dans mon rêve, c'est toujours des histoires de lundi. Toutes les semaines, le lundi revient et mon sweat bleu, celui que ma sœur m'a acheté, il n'est pas lavé. Je dois mettre un autre truc, dit maman, et là je sens que ça commence mal. Obligé. Un boss sans son costume, il ne peut pas être un boss, c'est comme un super-héros. Il se fait ratatiner sans ça.

Je vais me faire ratatiner.

Exploser.

J'ai pas peur mais il y a mon cadavre dans la cour. Tout seul. Et Andréa qui pleure et ma mère aussi qui pleure en disant : « J'aurais dû laver son sweat. » Et Andréa qui répond : « C'est à cause du lundi. »

C'était un drôle de rêve. J'oublie.

Je vérifie mon sac.

1, 2, 3, je compte.

C'est ma troisième rentrée. Même les autres exceptionnels, même Mike, Fil, Thom et Vincent, ils n'en ont eu que deux. J'attends en bas de l'immeuble que Grégoire vienne me chercher. Il pleut mais ça ne me mouille pas. Maman a dit : « Attends au chaud, tu vas sentir le chien mouillé. » J'ai mis son parfum Darling et je suis descendu quand même.

Grégoire s'arrête pile devant moi et il sourit en grand. Quand je monte dans le mini-van, il me fait un clin d'œil dans le rétroviseur et il dit :

– Ça va, mon grand ? T'es prêt ?
– Ouais.

1, 2, 3, je compte. Ma troisième rentrée.

Je suis Gavin le big big boss.

On passe prendre Thom et Fil. Mike et Vincent, c'est leurs parents qui les amènent. Et on arrive. 7 h 53. Grégoire demande si on veut rester un peu au sec dans la voiture, mais on dit non et on descend. Je regarde. Les normaux sont là, le collège est là, c'est pareil qu'avant. Dans la salle des profs, Andréa tient sa tasse de café entre ses deux mains et écoute tranquillement les spécialistes parler. Tout est pareil. Mes trous ne se sont pas encore réveillés. Je fais des blagues et les autres rigolent. Tout est pareil pour de vrai.

Première sonnerie. Andréa arrive tout de suite. Les yeux clairs comme un bout d'été débarqué dans l'hiver, elle nous regarde et secoue la tête.

– Mais regardez-moi ça ! On dirait des petits chiots mouillés. Quand même, vous n'êtes plus des petits nouveaux ici ! Pourquoi vous n'entrez pas dans la cour ? Il y a un préau, ce n'est pas pour faire joli !

Andréa, elle a les mêmes idées que ma mère sauf qu'elle les dit autrement. Je fais le boss et je dis :

– On n'est pas des chiens mouillés. C'est juste que la pluie, on s'en fiche.

Elle soupire – d'un soupir qui rit par-derrière – et nous conduit dans notre salle. Le squelette est là. Le carrelage est blanc. Tout est pareil. Mes trous ne bougent toujours pas ; ils doivent être épuisés par la nuit au rêve bizarre. On sort nos affaires. J'ai ramené une image de Kratos avec Arès derrière lui qui fait sa tête de tueur et je la montre à Andréa. Elle regarde sans commenter. Ça n'a pas l'air de lui plaire la cicatrice de Kratos, ses taches de sang. Je serais une fille, moi aussi, ça me ferait peur. Je redresse les épaules, il faut que je la rassure parce qu'Andréa, elle est plus fragile que Mme Dédale. Diversion : je demande si on fait l'exposé tout de suite, si on va faire nos recherches au CDI, mais Andréa secoue la tête de gauche à droite, de droite à gauche, nez et sourcils un peu plissés.

– Non, non, non, monsieur Gavin. Je sais que tu es pressé, mais je ne vais pas changer tout mon programme pour tes beaux yeux. On commence par des maths et ensuite un peu d'anglais.

Je suis dégoûté. Mes trous ouvrent les yeux, bâillent un grand coup. Ils disent, je les entends : « Des maths, comment ça, des maths ? » Mais Andréa les renvoie se coucher d'un coup :

– Hop, hop, hop ! Au travail ! Ça n'est pas encore les vacances. Et si ça n'avance pas, pas d'exposé sur Arès, Kratos et Cie !

Oh le chantage ! Mes épaules retombent d'un coup et je retourne m'asseoir. Top, c'est parti : addition, soustraction, et là – surprise du matin, chagrin – un chronomètre. Andréa fait la maline. Elle dit : « C'est comme en sport les garçons, sauf que là, vous allez courir avec votre cerveau ! » « Courir avec son cerveau ! », c'est n'importe quoi. Mais il n'y a pas le choix : Andréa, elle est super en forme et elle écrit à toute vitesse au tableau des 5 + 7, des 8 – 3 et des tas, des tas d'autres encore. Quand l'un d'entre nous trouve la bonne réponse, elle lève les bras au ciel et crie : « Top ! Victoire pour Truc ou pour Machin. » Elle le fait même en anglais aussi : « *And the winner is*... Trucmuche ! » On se croirait à la télé. Et Andréa, ça l'amuse énormément. Elle rit et nous on court avec notre cerveau, et elle rit encore en écrivant : 15 – 1 et 22 + 7 et ça n'arrête pas. Plus dur encore, les nombres décimaux ! 3,21 + 4,7 et 8,2 + 1,9. Quand ça sonne, on est tous les cinq allongés sur nos tables, épuisés. Andréa rit toujours en nous mettant à la porte et cette fois, on ne se fait pas prier. D'un coup, on a envie de hurler et de courir, mais courir pour de vrai, parce que la course du cerveau, ça rend vraiment fou.

Et puis.

Dans la cour, la honte n'est pas là.
Personne ne m'embête.
Personne ne fait le « hou » qui tue.
Pas d'yeux d'escargot.
Et je cours.
Je saute.
Je suis Gavin le big big boss.

7
LE MINOTAURE DE JÉRÉMY

Déjà ça re sonne. On se regroupe près des sixièmes. Vincent sort son petit carnet aux amoureuses et se dépêche avant l'arrivée d'Andréa de faire le point sur sa liste. Vincent, il a une drôle de façon de draguer. Déjà à l'ITEP, il faisait comme ça : il note tous les jours les prénoms des filles qui lui plaisent et puis tous les jours il va les trouver et il leur demande « Tu veux sortir avec moi ? » et la fille répond « non », alors il la raie et il va en voir une autre. Tous les jours à la fin, sa liste est complètement rayée mais c'est pas grave, il en refait une le lendemain. Les filles sont sympas quand même ; il n'y en a pas beaucoup qui se moquent ou qui l'envoient promener, mais il n'y en a aucune qui a répondu oui. La liste, c'est le truc de Vincent, tout le monde le sait.

Peut-être que ça marchera un jour vu qu'il y a des normales un peu bizarres quand même. Comme Latifa par exemple. Latifa, elle est en sixième, en 6e 1. Elle se déguise comme une fille, mais avec ses copines, elle fait le boss comme un garçon et elle est super bonne au foot. Elle court trop trop vite, presque aussi vite que moi. Latifa, elle est comme Andréa Dédale un peu. Elle est deux. Il y a Latifa la fille et Latifa la boss. Je lui parle pas, mais j'aime bien la regarder de temps en temps, juste comme ça. Parce qu'elle est bizarre.

Andréa avait dit qu'on commencerait les recherches pour le concours après la récré et elle n'a pas menti : quand on entre dans notre salle, il y a des montagnes de livres sur son bureau et des montagnes si hautes que tous on fait « Oh ! » en entrant. Elle a dû cambrioler le CDI, c'est sûr. Elle dit :

– Pour l'exposé, j'ai réfléchi ce week-end. J'ai eu une idée de titre pour nous guider, pour nous servir de petit bout de fil pour suivre nos recherches. Je vous la dis, mon idée ? Vous voulez bien, les garçons ?

Ça, c'est pas une vraie question, je m'y connais. Elle dit ça pour qu'on fasse tous « Ouiiiii ! » et ça marche parce que dès qu'elle dit ça, on crie tous les cinq un grand « Ouiiiii ! ».

– Je suis un dieu, elle dit.

On ne répond rien. On se regarde. Pourquoi elle dit ça ? Andréa, c'est pas un dieu, c'est notre prof de tout.

– « Je suis un dieu », c'est ça mon idée d'exposé.

On va se mettre à la place des dieux de l'Olympe et on va voir ce que ça fait. On va chercher ce qu'il y a de différent entre les dieux et les humains, et on en profitera pour se demander si ce serait bien ou pas d'être un dieu. Bref ! On va i-ma-giner.

Elle dit *imaginer* comme si elle avait un truc dans la bouche qu'elle essayait de bien mastiquer, genre un gros morceau de steak. Elle demande :

– Qu'est-ce que vous en pensez, les garçons ?

En fait, on ne pense pas trop. Moi, je sais ce que c'est qu'être un boss, mais un dieu, là franchement je ne vois pas. Je n'i-ma-gi-ne rien de rien. Même Kratos, il n'y arriverait pas alors nous… Devant nos drôles de mines, Andréa rigole.

– Bon, cachez votre joie ! Ce n'est pas grave, c'est le début. Chacun d'entre vous va venir chercher le livre qu'il veut à mon bureau et puis on regardera son contenu ensemble. D'accord ?

Vu que personne ne dit rien, elle tape dans ses mains et elle dit : « Allez hop ! Venez ici ! » On se lève, on s'approche en fixant les montagnes de livres. On n'ose pas trop y toucher à cause des avalanches et du yéti. Et puis comment choisir ? Il y en a vraiment trop. Andréa se promène dans notre dos, nous pousse vers le bureau en répétant qu'il ne faut pas avoir peur, que les livres ne mordent pas. Elle rit. Elle rit vraiment beaucoup ce matin, Andréa. Ma sœur dirait qu'elle a avalé un champi. Elle dit toujours ça ma sœur quand je rigole trop : « Mais arrête, t'as mangé un champi ou quoi ! ? » et moi, ça me fait rire encore plus.

Enfin, je trouve un livre qui me plaît bien, *Le Minotaure et le Labyrinthe*. Je connais déjà l'histoire, mais les dessins sont trop bien, alors je l'attrape vite fait avant qu'un des autres ne l'embarque. Quand je demande à Andréa qui a dessiné, elle m'envoie un peu bouler :

– Mais voyons, Gavin, tu peux le savoir tout

seul ! Regarde, c'est comme d'habitude, c'est écrit sur la couverture.

– Ouais, mais ils sont deux.

– Oui, c'est vrai. Le dessinateur vient en deuxième. Donc là, c'est Jérémy Moncheaux.

– Pourquoi il n'est qu'en deuxième ? C'est mieux les dessins.

– Ce n'est pas une histoire de « mieux », Gavin, mais simplement des codes, des repères. Comme ça, on ne peut pas confondre le travail de l'auteur et celui de l'illustrateur.

Sur la couverture, on ne voit pas la tête du Minotaure, juste ses cornes et ses énormes épaules, mais même s'il tourne le dos, il me regarde encore. Flippant. Je demande si je peux le prendre ; Andréa elle dit que oui, bien sûr, c'est fait pour. Je retourne à ma place.

Tout le monde a choisi son livre ; la salle est si calme qu'on entend les mouches voler – parce que les mouches aiment bien venir en SVT, en tout cas ici. Ça aussi, c'est des codes, des repères.

Je commence à peine à regarder les images dedans que ça sonne encore. Au collège, ça sonne tout le temps, et à chaque fois le cœur fait un bond même si t'es content de sortir.

À la cantine, on ne fait plus attention à Tagada qui n'est pas là. On fait comme les autres, on prend nos assiettes et c'est tout. En mangeant, le Minotaure de Jérémy est derrière moi. En déposant le plateau, il me suit. Dans la cour, il se poste près d'un arbre et il me fixe. Je fais comme si de rien, mais mes trous s'inquiètent un petit peu. C'est un drôle de méchant le Minotaure de Jérémy. On doit le tuer parce que. En fait, on sait pas trop pourquoi. C'est comme ça, y en a qui naissent pour être tués, je me dis.

Et puis d'un coup, le Minotaure de Jérémy, je l'oublie parce que je crois bien que Latifa me regarde et ses copines aussi elles me regardent. Si Latifa elle te regarde, t'oublies le Minotaure de Jérémy, c'est obligé.

L'après-midi, surprise ! Andréa nous emmène voir un film dans la petite salle de projection du CDI. Elle l'avait réservée rien que pour nous. Fil, tout excité, coasse :

– C'est quoi ? C'est quoi ?

– *Percy Jackson, le Voleur de foudre*, de Chris Columbus. Vous savez, celui qui a réalisé certains des *Harry Potter*, ainsi que *La Nuit au musée*. Vous voyez qui c'est ?

Bien sûr qu'on voit ! On se chamaille, on se bouscule parce qu'on veut tous être pile devant l'écran. Pour qu'on se calme, Andréa fronce un peu les sourcils en disant que attention, c'est sérieux, ça fait partie du travail de documentation et de réflexion pour notre exposé. C'est comme pour les pauses, c'est de la détente constructive. Andréa, elle aurait dû être maçon, elle construit tout le temps. Chut, elle dit, ça va commencer, et c'est le noir.

Quand la lumière revient, on a des têtes de chauve-souris. Le film était bien, mais pas trop. Ça ressemblait à *Harry Potter*. Et puis Arès il était pas là et le Minotaure se fait tuer au bout de deux minutes, c'est pas drôle. Le truc qu'est bien, c'est que Percy il est comme moi, lui aussi il voit les lettres et les chiffres qui bougent tout seuls quand il veut lire et puis aussi dans le film ils parlent beaucoup des pères parce que les pères sont jamais là. C'est des dieux. Peut-être que mon père, c'est pour ça qu'il a disparu. Il avait son travail de dieu à faire, je me dis.

16h30. J'attrape mon sac, je me sauve en lançant un beau au revoir bien fort, bien poli. Les yeux d'Andréa disent, je les entends : « Gavin, je suis fière de toi. » À la sortie, Grégoire est déjà là. Je saute dans son mini-van et je blague, je n'arrête pas. En arrivant à l'ITEP, même la voix de grenouille qui miaule de Laurent ne m'énerve pas. Ma troisième rentrée, c'est la meilleure.

● Cahier d'humeurs – 15 octobre – couleur ciel
dans le labyrinthe je tue le Minotaure de Jérémy
obligé désolé
parce que je suis le boss et à la fin Latifa pique un sprint et moi aussi
alors Andréa rit
elle rit ses yeux de l'espace font de la poudre à paillettes qui recouvre le ciel par-dessus tout
et mes trous restent tranquilles et alors j'entends pas Tony j'entends pas l'escargot qui crie

8
UN PEU DE CIEL ET DE TERRE MÉLANGÉS

Ronde des jours – Ça tourne comme au manège. On fait plein de recherches sur les dieux. On va devenir des spécialistes nous aussi. J'aurais bien aimé travailler sur Hercule ou Thésée, mais Hercule, c'est qu'un demi-dieu et Thésée, juste un héros, alors j'ai pris Poséidon, le frère de Zeus. Être le frère du big boss, c'est pas mal aussi. J'ai appris qu'en plus, Poséidon, il n'est pas que le dieu des mers en colère, mais on l'appelle « l'ébranleur de sol ». Il met juste un coup de trident et – clac ! – tout bouge partout.

Et c'est lui aussi qui a inventé le cheval. Les hippocampes, c'est un peu comme pour se rappeler ce qui se passe sur terre je pense. C'est comme des Playmobils vivants pour quand il s'ennuie au fond de l'eau dans son palais d'or. C'est aussi grâce à lui que le Minotaure est né, parce qu'il a fait des trucs à sa mère pour qu'elle tombe amoureuse d'un taureau. C'est super dégoûtant comme histoire. J'aime bien.

Pour l'exposé, on lit et on doit écrire beaucoup. C'est dur parce qu'il y a plein de noms à retenir et des noms compliqués qu'on n'arrive pas à ranger comme il faut dans notre tête. On n'a plus que deux jours pour finir, j'espère qu'on sera prêts parce qu'il faut que ça soit fini avant les vacances de la Toussaint. Andréa dit que ça va aller, qu'on s'en sort bien. Un texte, c'est juste une phrase après une autre elle dit. On tient le fil. Tous les jours, elle veut qu'on se répète l'idée. Rappelez-vous, elle dit, « je suis un dieu », c'est ça le fil. Moi, je réfléchis à tout ça, mais je trouve que les dieux sont quand même complètement fous. Ils se mettent en colère tout le temps, ils font du grand bazar sur terre et parfois ils explosent tout. Je dis à Andréa que si les dieux ne se contrôlent pas, comment elle veut que nous on y arrive. Elle éclate de rire.

– C'est vrai Gavin. Tu as complètement raison.

Je ne comprends pas ce que j'ai dit de drôle. Avant d'aller aider Thom qui est en pleine crise de maladie du français, elle me fait un clin d'œil et ajoute :

– Peut-être que les dieux de l'Olympe sont des miroirs…

Je ne comprends vraiment pas ce qu'elle raconte. Les trous dans ma tête attrapent sa phrase, la tournent dans tous les sens, mais eux non plus ils ne comprennent rien. Je regarde ma feuille, je compte : presque vingt lignes !

Je suis sûr que même les normaux ils en feront pas autant, parce que j'ai vu au CDI, quand on est ensemble parfois, qu'il y a plein de normaux qui n'aiment pas écrire. Latifa, elle aime bien ça. Comme moi. Peut-être qu'elle aussi, elle prépare le concours et peut-être qu'on aura la médaille d'or *ex aequo*, je me dis. On sera tous les deux en haut du podium olympique comme les dieux qui sont douze à être tout en haut. La voix d'Andréa me met une petite tape sur la tête.

– Gavin, on se réveille !

Je ronchonne. Je réponds que j'ai écrit mille fois plus que tous les autres et que je m'ennuie et que je suis fatigué. Fil dit que je suis un crâneur mais Andréa réplique aussi sec qu'il ferait mieux de s'occuper de son travail. Fil baisse la tête sur son cahier. Nuage. Je vois passer l'ombre de Mme Dédale dans les yeux d'Andréa, alors je baisse le nez moi aussi et je me remets à lire des trucs sur Poséidon.

Sur les pages, ça recommence. Tout bouge. Je n'arrive pas à lire, alors je prends un crayon et je dessine un portrait de moi en roi des mers. Un autoportrait. On a vu ça la semaine dernière avec Mlle Bouatri, la spécialiste du dessin du collège. Avec elle, c'est bien parce les trous dans ma tête se reposent. Elle nous montre que des images, pas des tas de lettres et de chiffres. Et puis elle est jolie. Elle met des jupes très, très courtes avec des collants pleins de couleurs. Ses jambes, ça fait comme des champs de fleurs qui s'agitent. Mlle Bouatri, elle nous parle aussi à nous les exceptionnels et pas qu'aux normaux. Avec elle, on n'est pas invisibles. C'est pour ça que je lui fais l'autoportrait de moi, ça lui fera plaisir. Surtout que souvent, elle est un peu triste parce que les normaux, ils s'en fichent de dessiner. Ils lui font beaucoup le bazar et vu qu'elle n'a pas de Mme Dédale qui se cache en dedans, elle n'arrive pas à les calmer.

Quand ça sonne, je montre mon dessin à Andréa. Cette fois, elle comprend tout de suite, pas comme pour l'encre de l'escargot. Elle dit que si je veux, on pourra le scanner et le mettre dans mon exposé. Je ne sais pas quoi dire. J'ai envie et pas envie, alors je dis ouais. Simplement ça.

Ouais.

Cahier d'humeurs – 17 octobre – couleurs mer/terre

je suis le roi de tout l'océan la terre

et même j'ai un ~~grand~~ super méga trident

et c'est tout

Encore l'exposé. Encore et encore. Les trous dans ma tête ils deviennent fous, comme les dieux, parce qu'Andréa trouve toujours des choses à redire. Là, je dois mieux expliquer. Là, elle ne comprend pas. Là, j'ai mis trop les mêmes adjectifs et elle dit que c'est dommage parce que « grand », « super », « beau », tout ça, c'est des mots-valises, qu'on peut tout mettre dedans et que là, on ne voit pas bien ce que je veux dire. Elle m'apporte un dictionnaire et veut que je cherche des synonymes, mais je ne vois pas comment je peux partir à la pêche aux synonymes, j'en ai jamais vu et j'ose pas demander à quoi ça ressemble.

Je vois que ces « là, là, là » : le tas de petits coups de crayon papier qu'elle a mis sur ma feuille alors que j'avais tout bien recopié. Son dictionnaire de synonymes, il est vieux jaune et il sent pas bon. Dedans je sais, c'est trop plein de mots, je vais m'y noyer et les trous dans ma tête aussi. D'un coup, l'escargot de Tony grimpe dans mon dos. Il bave son « t'es trop nul, tu vois ? ». Je vais pas pleurer, mais c'est dur. Heureusement, Andréa arrive, pose la main sur mon bras et me souffle gentiment :

– Gavin, regarde-moi. Je te dis tout ça, non pas parce que tu as mal travaillé, au contraire. C'est parce que tu as très très bien travaillé.

Je n'arrive pas à la regarder. Elle a beau dire,

l'escargot de Tony est toujours dans mon dos et il répète toujours la même chose. Je voudrais faire le mur mais je ne sais pas pourquoi, là, j'y arrive pas. Poséidon, il a dû planter son trident quelque part. Je tremble de partout.

– Gavin, crois-moi. Vraiment crois-moi. Je ne te raconte pas de bêtises, tu me connais. Je veux juste t'aider à faire encore mieux. Chercher dans le dictionnaire, c'est pas compliqué, tu verras. En sixième, c'est ce qu'on doit apprendre à faire. C'est pareil pour tout le monde, ne t'inquiète pas. Tu sais très bien ce qu'est un synonyme et moi je sais que tu vas très bien t'en sortir... Bien sûr, si tu penses que c'est vraiment trop dur, alors on laisse comme ça. D'accord, Gavin ?

Je fais non de la tête, c'est tout. Non, je ne laisse pas comme ça. La main d'Andréa est toute chaude sur mon bras. Je ne pense qu'à ça. D'un coup, l'escargot de Tony disparaît. D'un coup,

Poséidon se calme. Je lève les yeux et je tombe dans ceux d'Andréa. Elle ne me trouve vraiment pas nul, alors je respire. Je respire à fond, j'ouvre le dictionnaire et pars à la pêche aux synonymes – comme par magie, je vois très bien à quoi ça ressemble maintenant – et puis je ne peux pas me noyer dans une mer de mots. Impossible.

grand = gigantesque, énorme, important, extraordinaire
super = formidable, étonnant, merveilleux
beau = agréable, joli, charmant

C'est mon butin. Je suis presque un dieu.

Cahier d'humeurs – 22 octobre – couleurs mer/terre
des mots sur les murs sous la moquette l'exposé est parti au CDI et il peut
pas manger pas faim
des mots trop dans l'estomac
grand, beau, énorme

j'ai ~~vomi~~ craché sur les pieds de Lucas
l'infirmière dit indigestion et les mots sortent noir
du dedans

9
VACANCES DÉCONSTRUCTIVES

Ça y est. On a rendu notre exposé. Au dernier moment, Vincent et Mike, ils ont refusé de donner le leur et Andréa a eu beau insister, insister très fort en fronçant les sourcils ou en faisant sa voix chaude comme des patates qui sortent du four, rien à faire. Un jour, elle me croira quand je lui dis qu'ils sont malades du français et c'est tout. Moi, j'ai donné le mien en premier avec mon autoportrait de moi. Après, les trous dans ma tête étaient déboussolés. Ils ne savaient plus quoi faire alors ils se sont endormis. Ils ont pris des vacances une semaine avant tout le monde.

Cahier d'humeurs – 20 octobre – blanc vide
j'ai ~~plus~~ pas envie d'écrire

Quinze jours de vacances. J'ai presque oublié le collège. Presque oublié l'exposé. Presque. Bizarrement, c'est souvent le soir que ça venait me trotter dans la tête, les souvenirs, et j'imaginais Mme Laroue en train de lire mon texte. Elle a promis qu'elle lirait tout et Andréa aussi, vu que ce sera son assistante pour le concours parce qu'elles ont reçu des tonnes et des tonnes d'exposés. Au moins trente. Et dedans, il y a le mien – mais j'ai presque oublié.

Je vois Tony. Je ne suis plus fâché, et lui il me laisse tranquille. On ne parle plus du collège comme ça c'est bien. Je tape la balle et pas sa trombine. C'est mieux, je crois, parce que Tony et l'escargot ne crient plus dans ma tête. Je suis tranquille. Tellement que maman se demande si je ne suis pas malade. Je la rassure. Je dis que non, que je suis en pause, c'est tout. Et puis Andréa ne nous a donné aucun devoir. Elle a dit qu'on avait bien mérité de se reposer et le dernier jour de collège, juste avant les vacances, elle nous a offert un livre à chacun. Elle a dit que ce serait formidable qu'on le lise – ou le relise – pendant les vacances mais que, attention, ce n'était pas du travail mais un plaisir. Moi, elle m'a offert le livre du Minotaure de Jérémy. Je l'ai mis sous mon matelas en rentrant chez ma mère pour que personne ne me le prenne. Vu qu'il est tout plat, ça ne fait pas de bosse. Indétectable, mon Minotaure.

● Cahier d'humeurs – 2 novembre – blanc vide
fête du cimetière et maman pleure dit que rien
c'est ~~mon~~ son père qui n'est pas là
personne ne parle c'est parce qu'ils ne ~~veulent~~
peuvent plus
au cimetière je ris c'est rien non plus
juste pas la mort
sous mon lit le Minotaure de Jérémy il dort

10

ENCORE UNE RENTRÉE

Rentrée de la Toussaint – Encore une rentrée. Ma quatrième. Je suis vraiment un big big boss. Ce matin, le copain à maman a acheté des croissants. Il est sorti exprès avant tout le monde pour faire la surprise. Il est très gentil en ce moment parce qu'il a demandé à maman de se marier avec lui parce qu'elle était trop triste à la Fête des morts et que ça l'a bien consolée. Elle a dit oui, et moi, je pars au collège le ventre plein de croissants. C'est pas mal, je me dis.

Quand Grégoire nous dépose devant le

collège, je dis aux autres qu'on ne va pas rester devant la grille cette fois. On entre dans la cour comme les normaux et tout se passe… normalement. Andréa, comme d'habitude, est déjà là avec sa tasse de café, sauf qu'aujourd'hui elle parle avec Mme Laroue et une autre ; elles ont l'air de bien s'amuser. Je regarde autour de moi. Tout est pareil. Tout le monde fait des petits groupes et tout le monde fait un tout, et les troisièmes ont l'air toujours aussi débiles – Enzo surtout. J'avais presque oublié comment c'était, mais tout me revient facilement. Ça me fait bizarre de me dire que pour nous aussi maintenant il y a des choses normales. Tellement bizarre que je sens mes trous qui s'agitent un peu et que je ne sais pas s'ils sont contents ou pas. Latifa passe avec ses copines, et là, ça les calme tout de suite.

8 heures. Ça sonne pour la deuxième fois et les profs sont en retard. Tout est pareil.

8h05. Andréa vient nous chercher. Elle nous

fait son beau sourire et ses yeux de l'espace sourient aussi. Tout est pareil.

Tout de suite, je lui demande, parce que j'avais presque oublié :

– Quand est-ce que c'est la fête pour le concours des exposés ?

– Bonjour, Gavin, elle répond. Moi aussi, je suis heureuse de te revoir. J'ai passé de très bonnes vacances, je te remercie. Et toi ?

Sa blague l'amuse beaucoup. Mike, Fil, Thom et Vincent aussi. Tout est super pareil.

Ce sera le 22 novembre, la Fête des exposés. Le 22 novembre ! Mes trous ont failli avoir une crise cardiaque. C'est dans trop longtemps mais rien à faire, il va falloir attendre dix jours, dix longs jours. Andréa et Mme Laroue n'ont pas fini de tout lire, et puis il faut demander la permission au principal et réserver le réfectoire et aussi faire une affiche. Je pensais qu'elles auraient fait tout ça pendant les vacances.

– Dis donc, monsieur Gavin ! Tu ne serais pas en train de dire que je n'avais pas le droit de me reposer pendant les vacances ?

– Non, j'ai pas dit ça. Pas du tout.

Je file à ma place. On passe à autre chose. Il y a des changements pour la rentrée. Andréa nous explique qu'on va tenter une nouvelle aventure. Certains d'entre nous, nous les exceptionnels, vont aller tout seuls dans des cours de normaux, tout seuls avec les spécialistes. Silence. Aucun de nous ne bouge. On est paralysés. C'est comme dans l'histoire de Méduse que Fil a travaillée pour son exposé sur Athéna. Méduse à qui Poséidon, j'ai vu ça aussi, il a fait un truc pas sympa du tout. Il peut pas être parfait, c'est comme ça.

Le crabe dans mon estomac a rappliqué de suite et décortique ce qu'Andréa vient d'annoncer.

Tout seul.

Dans une classe.

Avec un spécialiste.

Mon crabe se casse les pinces sur ces petits bouts de phrase et les croissants du petit déjeuner font une drôle de danse dans mon ventre. Thom se met à protester. Mike commence à mouiller ses lunettes. C'est la panique.

– Chut, les loulous. On se calme, fait Andréa en levant les mains, genre « pas de panique ! ». Laissez-moi vous expliquer le comment et le pourquoi de cette nouvelle. Vous allez voir, c'est une bonne idée, pas une catastrophe.

Elle baisse les mains, inspire profondément avant de poursuivre :

– Voilà. Votre directrice, Mme Roumer, et

moi, vous le savez, nous parlons très souvent de vous. Elle comme moi, nous avons remarqué que le collège vous fait du bien, que vous avez tous fait des progrès. Chacun à sa manière. Certains bien sûr ont besoin d'encore un peu de temps pour tenter cette nouvelle aventure mais pour d'autres, c'est le bon moment. Ça va vous aider à travailler encore mieux, j'en suis sûre.

– C'est qui ceux qui vont s'en aller du groupe ? s'écrie Fil.

– Personne ne va quitter notre petit groupe, Fil. Ce sera juste quelques heures et juste pour certains cours.

– Oui, mais c'est qui ? insiste Fil.

– Du calme, du calme ! Je vais vous le dire tout de suite.

Elle fouille dans son sac et sort son grand classeur où il y a marqué en vert « ITEP – 6e inclusion ». On retient notre respiration.

– Fil va aller en mathématiques et en physique

avec les 6e 3. Ce sera le lundi après-midi, le mardi matin et le jeudi matin.

Ensuite Andréa me regarde. Le crabe s'enterre au fond de mon estomac, sous les croissants.

– Toi, Gavin, tu vas aller en français et en histoire avec les 6e 1. Ce sera les lundis, mardis et jeudis matin.

Les 6e 1. Je ferme les yeux. Derrière mes paupières, je vois une grande image de Latifa et aussitôt après le visage – en très grand aussi – de M. Fréau, le prof de français des sixièmes.

Je murmure :

– Et on commence quand ?
– Demain, répond Andréa tranquillement.

Le reste qui vient après tout ça, je ne sais plus. Les heures, les paroles, tout entre dans mon crâne et y disparaît. C'est la deuxième fois que je meurs au collège. Cette fois, je ne suis pas fusillé mais plongé dans le coma comme à la télé.

10 heures. Ça sonne. Je me lève, j'enfile mon blouson et je sors sans un mot. Dans la cour, Fil et moi, on ne joue pas. On doit avoir l'air tellement mal qu'Andréa vient nous rejoindre. Elle nous dit et redit que c'est une très bonne nouvelle. Qu'il faut qu'on se dise que c'est parce qu'on a très bien travaillé, qu'on a fait beaucoup d'efforts et qu'on est récompensés. Qu'on mérite d'aller apprendre avec les autres. Elle a l'air tellement convaincue que Fil et moi on se met presque à la croire. Elle dit qu'il ne faut pas avoir peur d'aller avec les autres. J'ai pas peur, je me dis, c'est juste que je suis pas sûr d'avoir envie d'être un normal.

● Cahier d'humeurs – 12 novembre – ...

... demain j'ai même pas peur

demain... juste le cœur qui passe par les yeux

11

TOUT SEUL

Demain arrive toujours. – Français de 10 heures à 12 heures. Tout seul. Je me range avec la 6ᵉ 1. Je me mets tout au bout. Tout au bout et un peu à côté. Mes mains entrent dans mes poches, elles en sortent. Elles cherchent quelque chose, je ne sais pas quoi. M. Fréau arrive dès que ça sonne. C'est un spécialiste qui a une bonne oreille, il n'est jamais en retard.

On entre dans sa salle. Quand j'arrive, les normaux ont déjà pris toutes les places. Je ne sais pas quoi faire. Je reste là, les mains qui cherchent toujours quelque chose au lieu de m'aider. M. Fréau se dirige vers moi. Il est très grand. Très très grand au point que ça fait mal dans la nuque de le regarder trop longtemps. Comme un demi-dieu ou au moins un héros, c'est sûr. Gavin le big big boss s'est enfui je sais pas où. Je me sens vraiment tout seul.

Tout seul avec tous ces yeux d'escargot qui se collent à moi en silence. M. Fréau pose sa main sur mon épaule et me regarde droit dans les yeux. J'aimerais bien que Gavin le big big boss rapplique, mais c'est pas possible. Je ne peux pas bouger.

– Bonjour Gavin. Je suis monsieur Fréau. Bienvenue parmi nous.

Il regarde la salle en un coup d'œil, me désigne une place au premier rang près d'un normal rouquin. Latifa, elle est au premier rang aussi mais à l'autre bout.

– Tiens, installe-toi là, près de Manuel. Manuel, fais de la place à notre ami, s'il te plaît.

Je me traîne jusqu'à la place que M. Fréau m'indique pendant qu'il me fait un discours de bienvenue et explique à mes « camarades » les normaux qui je suis et qu'il attend de la 6e 1 un « accueil irréprochable et bienveillant ». Il parle fort et clairement, genre « on se comprend, n'est-ce pas ? ». Je ne comprends pas tous les mots quand il parle, mais les normaux, oui. On entend les mouches voler – sauf que les mouches ne viennent pas dans la salle de M. Fréau, elles ne sont pas folles. Quand il a fini son petit discours, il revient près de moi et il me demande si j'ai tout ce qu'il faut ; je fais signe que oui, et pour lui prouver je sors papier et trousse. Il ne me manque rien. M. Fréau me sourit et dit que c'est parfait, toujours avec ses yeux qui accrochent les miens très fort.

Tout le temps, je ne bouge pas. Normal, vu que je suis toujours dans le coma, mais j'entends la voix de M. Fréau quand même. En fait, je n'entends qu'elle, même quand il est tout au fond de la classe. Parce qu'il bouge beaucoup pendant son cours. Il va voir tout le monde tout le temps comme pour être sûr qu'il n'a perdu personne. C'est comme un capitaine qui fait attention à tout. Le cap, le ciel, la mer, les marins. Sûr que c'est au moins un héros genre Thésée ou Ulysse. Avec lui, mes trous sont calmes, pas de fourmis non plus à l'horizon et mes mains écrivent ce qui est écrit au tableau. Enfin presque tout parce qu'il y a quand même des mots qui se sauvent de temps en temps.

Le lendemain, ça recommence. Et le jeudi aussi. Quand je suis avec M. Fréau, Gavin le big big boss ne vient jamais mais je me sens grand quand même. Mais le cours d'histoire, je m'en fiche. La spécialiste, elle me parle comme à un débile avec une voix de débile. Parce que, c'est comme ça, il y a des spécialistes qui ont deux voix : une voix normale et une voix débile quand ils nous parlent à nous les exceptionnels. J'aime pas. Alors je fais le mur. Un mur sans oreilles.

Et le jeudi encore. Tout seul.

● Cahier d'humeurs – 13 novembre -...
y a des jours à régner et la toile il est dedans
M. Fréau surveille mais pas dans les coins là où
elles attendent

● Cahier d'humeurs – 14 novembre -
big big big big big big big BOSS
en écharde blanche sur les branches
le cou même pas froid

● Cahier d'humeurs – 15 novembre – ...

● Cahier d'humeurs – 16 novembre – ...

● Cahier d'humeurs – 17 novembre – couleur zéro
zéro zéro
l'interro d'histoire en surprise du diable et c'est nul

zéro ses yeux
zéro sa voix qui note rouge

● Cahier d'humeurs – 18 novembre – bleu du feu
il a dit l'autre pas mon père t'es cinglé et j'ai dit ça pas mon père
t'es pas mon père il a ri sous le silence de ma mère alors j'ai brûlé ~~sa chemise TOUT~~
en fait non j'ai rien fait mais

● Cahier d'humeurs – 19 novembre – ... je sais pas

● Cahier d'humeurs – 20 novembre – couleurs de la tête
Latifa et je suis grand comme le Fréau de la salle du français
et plus de cris plus de bruit dans la tête une montagne de mots pour les trous qui disparaissent
bientôt la fête et l'affiche dit venez tous et
... elle m'a prêté sa règle

12
LE CRI DE L'ESCARGOT

● *Cahier d'humeurs – 21 novembre – couleurs des mots*
le collège et des mots des mots des mots et presque
les normaux c'est eux qui ont des mots et moi je suis où je sais pas dans les mots ou pas

C'est la Fête des exposés, ça y est. Nous les exceptionnels, on attend devant la porte du réfectoire que Mme Laroue arrive. Andréa n'arrête pas d'aller et venir, de regarder sa montre. On est déjà en retard. Ils avaient dit « 14 heures tapantes ».

Enfin la voilà, Mme Laroue, et derrière elle une armée de sixièmes. D'un coup on a l'impression qu'ils marchent vers nous et qu'on va se faire écraser par les normaux mais non : les portes du réfectoire s'ouvrent. On est sauvés.

Quand on entre, ça sent encore le poisson de ce midi mais c'est trop beau. Ils ont accroché plein d'images partout. Il y a un super grand écran, les tables sont poussées sur le côté et ils ont mis des lignes de chaises et un micro comme pour un vrai spectacle.

– On va devoir parler dans le micro ? demande Fil inquiet.

– Non, pas vous, répond Andréa. C'est les adultes qui ont peur de ne pas être entendus.

Tout le monde entre, s'installe. Tout le monde fait du bruit, alors Pauline la surveillante et Mme Laroue courent partout pour faire taire tout le monde. Elles font des sourires copines, mais ça ne fait taire personne. Y a des adultes, on peut pas les écouter, c'est comme ça.

Et puis, c'est le grand silence. Parce que Mme Dédale et M. Fréau sont debout devant nous et qu'ils ne disent rien. Ils regardent tout le monde et tout le monde se tait. Y a des adultes, c'est comme ça. Ils ont comme une super télécommande et tu te tais, tu les écoutes. Et alors ça commence. La présentation, les explications. Le crabe est sorti de mon estomac et fait du vélo dans mon cœur.

Ça commence par une projection des photos de nos têtes en train d'écrire et de lire et il y a des petites phrases drôles pour aller avec, genre « cerveau qui fume » ou « au secours, je suis perdu ». Il y a des éclaboussures de rire un peu partout selon qui apparaît sur l'écran. Il y a même des photos de Mike et Vincent alors qu'ils n'ont pas rendu leur exposé. Quand je vois ma tête à moi, Thom me file un grand coup de coude dans le bras en rigolant. Je fais pareil quand il voit la sienne. On rigole vraiment bien. Sauf quand je vois la photo de Latifa parce que là elle est super jolie. Elle lève les yeux au ciel comme quand on rêve. Elle est peut-être trois Latifa. La boss, la fille et un peu un ange. Et puis ça s'éteint blanc et M. Fréau revient devant avec un tambour :

– Mesdames, mesdemoiselles, messieurs, votre attention, je vous prie. L'heure est solennelle.

Il fait rouler les baguettes super vite et fort sur le tambour. Ça fait comme à la télé, au moment du suspense. Mon crabe, sur son vélo, pique un sprint. La documentaliste est arrivée avec une table roulante pleine d'enveloppes avec des nœuds rouges. Andréa a un grand rouleau de papier qu'elle commence à faire tourner entre ses doigts. Coup de tambour. Elle dit les prénoms, la classe. Elle félicite chaque gagnant et on applaudit. J'ai mal aux mains. C'est long.

Long.
Très long.
Le rouleau d'Andréa touche presque ses pieds.

Il y a plein de prix. Le prix de l'exposé le plus drôle, le plus poète, le plus décalé. Le plus ceci, le plus cela. Ceci, cela, c'est long. Les trous dans ma tête tapent du pied parce que bientôt il n'y aura plus de prix pour moi, c'est sûr. Même Fil et Thom, ils ont déjà eu un prix et ils font les crâneurs avec leur enveloppe à nœud rouge. Même Latifa a été appelée et elle crâne aussi avec ses copines.

C'est long, mon crabe il pédale plus du tout.

– Et pour finir ce beau moment, Mme Laroue, M. Fréau et moi-même avons décidé de remettre un prix hors catégorie. Gavin ? Veux-tu bien venir, s'il te plaît ?

M. Fréau refait un petit coup de tambour.

Je me lève. C'est moi ? demandent les trous. C'est moi ! affirme le crabe en se pinçant. Moi, je me sens tout drôle. J'aimerais bien que Gavin le big big boss soit là, mais comme d'hab', il s'est défilé. J'avance. C'est long comme dans les films au ralenti. Le crabe m'a piqué toutes mes forces avec son pédalage de fou. Encore un pas. Je suis devant tout le monde, ça y est. Andréa me tend mon enveloppe et annonce d'une voix forte :

– Mesdames, mesdemoiselles, messieurs. Vos applaudissements, s'il vous plaît, pour le prix très spécial du « Je suis vraiment un dieu ! ».

Ça applaudit. Les copains font des « youhou ». M. Fréau me fait un petit signe de tête pendant qu'Andréa me repousse doucement vers ma place en soufflant à mon oreille un « Bravo Gavin ! ». Ses yeux repeignent l'espace. Dans ma tête, c'est tout bleu doré.

Ça sonne.

Ça remue.

Une autre table à roulettes.
Encore une autre.
Et dessus des gâteaux et des jus de fruit.

Des voix.
Des rires.

Je serre l'enveloppe très fort.

13

CINQ EXCEPTIONNELS À L'OLYMPE

Le lendemain, à l'ITEP, on parle et on reparle de la Fête des exposés. Tony et l'escargot sont tellement dégoûtés qu'ils ne me disent rien. De toute façon, l'escargot, je l'ai écrabouillé sous mon pied.

On parle et on reparle. À la maison tout le week-end. Maman était super fière. Et le lundi matin, au collège, encore et encore. Je demande à Andréa si on peut refaire un exposé bientôt. Elle pouffe.

– Peut-être bien, Gavin. Peut-être bien mais

pas tout de suite. On a encore beaucoup de travail. Beaucoup d'autres choses à faire cette année.

Le travail, toujours le travail.

– Oh là là, monsieur le treizième dieu de l'Olympe ! elle dit. Je n'y crois pas. Tu ronchonnes ?

– Ouais.

– Gavin, si tu prononces encore un « ouais », je vais reprendre ton prix…

– Vous avez pas le droit ! je m'énerve. Et puis vous pouvez pas, il est dans ma chambre chez ma mère. Je l'ai caché sous mon lit.

– Je te taquine, bêta !

Dans ses yeux, l'espace en grelots. Je ne ronchonne plus.

– Bon alors, cette aventure du collège, ça vous va ? On continue ? elle demande.

– Oui, je dis. Sauf l'histoire.

– Sauf la chimie, dit Fil.
– Et le français, disent en chœur Vincent et Mike.
– Et les maths, je rajoute.

Andréa lève les bras au ciel, les agite en faisant des grands yeux horrifiés pour de faux.

– Mais on va faire quoi alors ? elle crie.

On a tous des idées, des tas d'idées.

– On mange !
– On dort !
– Même on rêve !
– Et on joue.
– Et on fait du vélo !
– Ouais, du vélo dans les couloirs.
– Dans le bureau du principal.
– Moi, j'ramène ma Xbox.

– Stoooop ! Bon, vu que vous débordez

d'idées, vous savez quoi, on va en profiter pour faire de la poésie. Un poème inventaire comme Jacques Prévert ou Georges Perec, vous allez voir, c'est formidable. Alors, on sort son classeur et sa trousse. Hop, hop, hop !

Là, c'est vache. On est calmés d'un coup et d'un coup c'est plus drôle du tout. Andréa plisse les yeux, me regarde avec un drôle d'air, genre « j'ai une idée mais tu sais pas quoi », puis d'un coup nous demande :

– Peut-être qu'on pourrait proposer à Mme Laroue de faire une Fête de la poésie… Qu'est-ce que tu en dis, Gavin ? Tu serais partant ?

Les trous dans ma tête, eux aussi, plissent les yeux de plaisir et Gavin le big big boss rapplique. Je regarde Andréa, je redresse les épaules et je fais :

– Ouais.

Et je rigole. Mike, Fil, Thom et Vincent aussi. Nous, les exceptionnels de l'ITEP, on est trop drôles. Heureusement qu'ils nous ont fait venir au collège, parfois je me dis, sinon les normaux ils s'ennuieraient comme les jours de vaisselle de pluie.

On se met à écrire et à écrire et à écrire – parce que tout est normal et qu'Andréa au collège, elle veut qu'on aille à la pêche aux mots, même si on les amoche un peu avec nos filets, nos gros hameçons. C'est pas grave, elle dit, les mots, ça se soigne, ça se rafistole.

● Cahier d'humeurs – 26 novembre – couleur collège

au collège il y a

des normales et des normaux

des yeux d'escargot

des escargots qui ne crient pas

Poséidon et M. Fréau

le sourire de Latifa

les yeux de l'espace d'Andréa
un bonhomme en pâte à modeler
la Fête des exposés
les chiffres
les lettres qui se sauvent
les trous plein dans ma tête
qui font la fête
qui font la tête
un peu
au collège il y a
Fil, Vincent, Mike et Thom
et
ma pomme
Gavin le big big boss

L'auteure

Pour Anne Mulpas, tout commence par une phrase de Pessoa : « La littérature est l'aveu que la vie ne suffit pas. » Dramaturge et auteure de théâtre, de roman et de poésie, elle fait des mots un laboratoire. Elle explore la langue, y creuse la question des voix, des mythes intérieurs et de leurs origines imaginaires, sociales, familiales. La langue est un matériau vivant.

Anne Mulpas vit à Paris et codirige *noob*, une compagnie de théâtre, poésie et multimédia. Elle anime également des ateliers d'écriture et de pratiques artistiques avec des personnes d'âges et d'horizons variés.

D'autres auteurs ont écrit pour
"Mes années collège"

Joëlle Ecormier
Enzo, 11 ans, sixième 11

Jean-Paul Nozière
Mon Américain

MIXTE
Papier issu de sources responsables
FSC® C022030
www.fsc.org

N° éditeur : 10201526
Achevé d'imprimer en mai 2014 par Jouve (53100 Mayenne, France)
OF : 2158293J